U0908152

雅众文化　出品

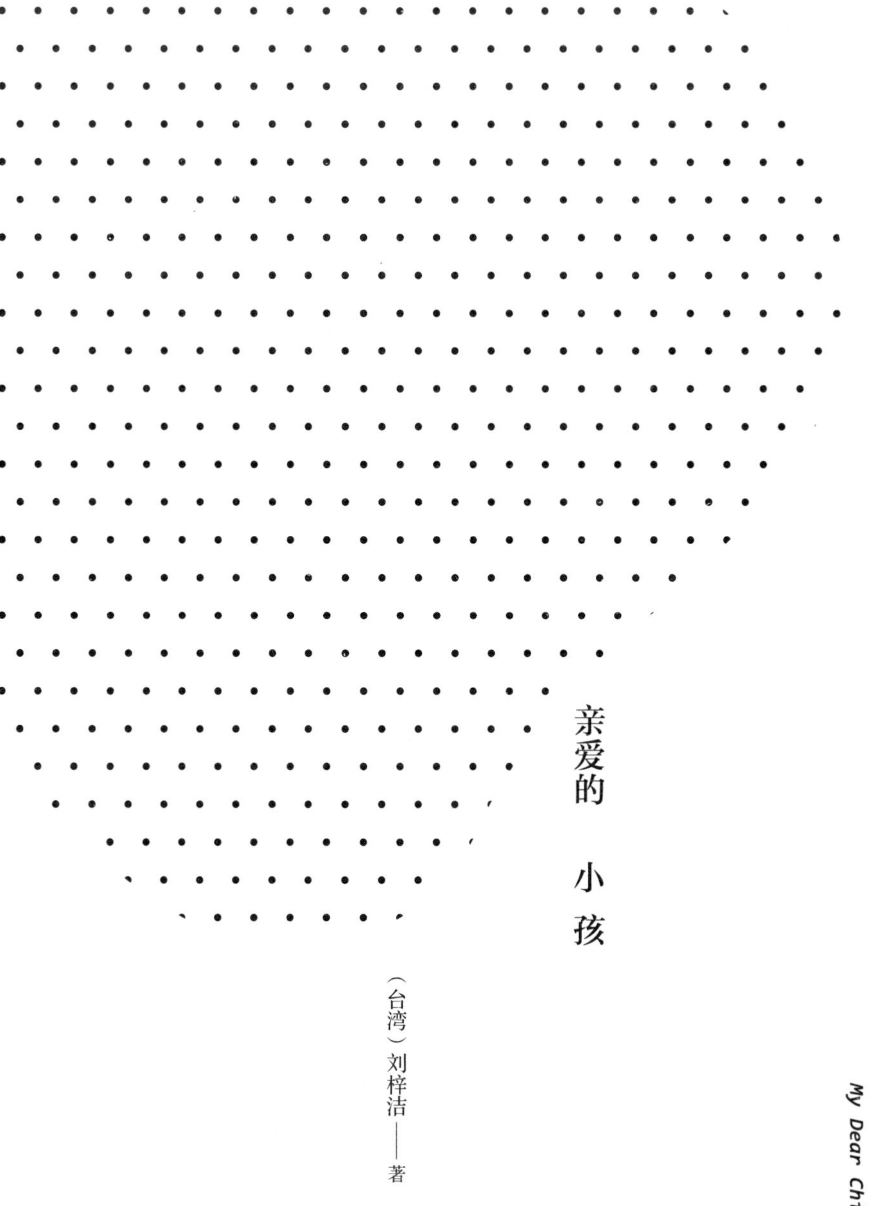

亲爱的小孩

My Dear Child

（台湾）刘梓洁——著

新星出版社 NEW STAR PRESS

名家推荐

甘耀明（台湾新写实主义文学代表作家）：

如果单身女性的荷尔蒙失调，绝对想不到的是她想要生小孩。刘梓洁《亲爱的小孩》便是这般景观。当今社会的观念开明，婚前性行为、同居不是话题，结婚是给肚子里的孩子法律保障而已。这让《亲爱的小孩》里三十拉警报的肉食女制造新话题了，她到处捕食男体不是为了性爱，是为了繁殖，被采精的男性只有像培养皿上标签的英文代号，H、L、N，或排队中的无政府主义摇滚青年与巴厘岛沙滩男孩们。可是，肉食女的验孕棒像是没中的刮刮乐处处被丢弃，看见小孩像看见纯净的神，显然刘梓洁铆起来认真地想，一个现代女性生育的目的，应该有更深刻意义：求子若渴，是思索“单身女性”或“单亲妈妈”得建立在男性的对应位置，还是填满寂寞，或复制另一个自我，抑或是获得纯粹的新生喜乐？无论是不是答案，都会催促读者反复咀嚼《亲爱的小孩》。

侯文咏（台湾温馨派作家，代表作《白色巨塔》）：

刘梓洁是那种会讲故事的天赋型作者。她有种独特的叙述风格，夹杂着不时跳出来的比喻——利落、犀利，惊喜连连。读她的短篇小说像是看底线抽球功力一流的网球选手打球，一拍接着一拍，稳健而有节奏。眼看就要天长地久了，忽然一个反手变化球，在对手措手不及的响应中，上网得分。就这样，不管题材是不是你的菜，一次又一次吸引你读完了故事，进入了那个世界。

郭琼森（台湾著名作家、文化人）：

我觉得《搞不定》这篇小说是双向的，一篇小说难得可以照顾到两个观点，它虽然在写老 K，但其实是在写其他女人，我很少看到小说把人物写得这么鲜活。为什么老 K 搞不定所有女人？因为那些女人都不知道自己要什么。人物塑造几乎就像白先勇在勾勒“金大班”一样，而且它“旧题材新写”，在爱情小说上，终于看到有一篇在人性讽刺的部分，能写出《倾城之恋》的深度，却也能跳脱那一套上海海派的调情。问题是很多人学到张爱玲的神髓，却抓不到她的狠，可是这篇作品却有那股狠劲。

如果你坦诚地跟世界打交道，
那么从来不需要收回什么。

——理查德·叶慈《本色女孩》

亲爱的小孩 My Dear Child

推荐序

男女故事，从头说起

刘梓洁完成《父后七日》时，已经为台湾散文书写创造新气象。她干脆利落的字句，不因循俗套的书写，很快就为台湾文坛宣告新世代的到来。出生于一九八〇年的她，无疑是一个起点，在此之前，作家不免背负许多传统的重担，即使不谈家国，也多少要强调性别。她创造节奏活泼的文字，把一场殡葬送别的过程写得活灵活现，即使不是节庆，却描述得热闹缤纷。那是眼泪与悲伤的净化过程，也是怀旧与思念的升华。不久以后，《父后七日》又改编成电影，作者本人也参与编剧并执导。一篇充满戏剧性的散文，能有如此转折，正好可以彰显她想象的能量。它可以缩小成篇幅有限的静态作品，也可以膨胀成为动人心弦的戏剧故事，证明她握有一支魔术的笔。

戏剧性，原就属于伸缩自如的概念。当平面想象转化成立体演出，需要许多艺术的跨越，已经不仅止于文字的操控而已。她写散文时，本身就隐藏了小说的叙述能力，或者确切地说，在行文之间就具备说故事的欲望。因此，她的文字张力不可小觑。她可以写散文，更可以是写小说的料子。她在两种文体之间的互换，简直是进出自如。一般散文需要内在逻辑来支撑，在段落与段落之间，多少会保留延伸的轨迹。刘梓洁却勇于切断，也勇于跳接，其中有不少悬宕空间需要读者参与想象。这正是她风格的迷人之处。

《亲爱的小孩》是她的第一本小说，最早一篇完成于二〇〇一年。身为现代都会的女性，已经与上世纪的典范拉开一段距离。到一九八〇年代之前，女性被赋予的任务极其复杂，至少要在生命中完成婚姻的任务。在台湾社会解严前后，女性扮演的角色更是负有多重任务。她们不仅要冲撞政治体制，也要背叛传统，甚至连带必须从事启蒙运动。到达上世纪末端时，女性小说已经蔚为风气，却还是带着紧绷的情绪。刘梓洁这世代在文坛登场时，看待社会与家国的议题已经非常从容。她所表现出来的自主与自信，无须投入无谓的论战，也无须经过内心挣扎；凡出现在思考或意念，都可融入小说故事里。

刘梓洁这位都会女性，似乎有某种程度的恋父情结，父亲的意象若有似无，往往在她的爱情与记忆中浮现。不管是纠缠或缠绵，父亲影像挥之不去。那好像是生命中的秘密，也是她心灵底层的稳定力量。在乍起乍灭的滥情与恋情里，父亲代表着一种救赎的意义。对父亲的眷恋，即使在《父后七日》的散文与电影，就已经发挥得淋漓尽致。父亲意象，无论是真实或虚构，都暗示着感情上的某种匮乏与向往。父亲的在与不在，亦即爱情的完成与未完成，不免也牵动着读者的情绪。

她的文字很干净，从不拖泥带水，从不耽溺于烦琐叙述，只要三言两语就把读者带进特定情境里。对于男女关系的描写，她抱持疏离与淡漠的态度，纵然触及性爱场面，她仍然扮演旁观者的角色。小说集里的《搞不定》，是她说故事的一个范式，干脆利落，节奏迅速。一个叫老 K 的男人，擅长调情。他勾搭女人已经有一段历史，似乎阅人无数，但在内心深处却有他苦不堪言的挫败。换过一个女人又一个女人，仿佛充满优越感，却乏善可陈。刘梓洁站在一个比较高的位置，俯视着男人是何等伪善、懦弱、不负责任。这篇小说等于宣告男人主宰社会的时代已经过去，或者精确地说，这样的小说诞生时，这个世界不再只是由男人来解释。小说中的男人是主角，但他的言行举止却是由女人来操控。作者并不诉诸强烈指控，反而借由轻快冷静的文字技巧，徐徐彰显女性批判的力道。

主题小说《亲爱的小孩》，完全翻转了男女的位置。有这样一位都市女性，接近男人是为了生小孩。她主动寻找伴侣，也自主决定是否要传宗接代，这当然是非常嘲弄，也是非常颠覆的一个议题。当女人主宰感情时，男人只能处在被动或配合的地位，截然不同于过去的那种蛮横或傲慢。试看她写的这段文字 :

抽烟喝红酒交男朋友浪迹天涯像一盒随时都可能被撞翻的爆米花，满地狼藉与悲凉随时一触即发。我自知不是那块料，无法过了四十岁无夫无子依然美丽自信叱咤职场。如果没有小孩，我只会蹲在地上一直捡一直捡爆米花而已。

刘梓洁的文字能力在此彻底表现出来，连续二十八个字，毫不中断写出想要生小孩的单身女子心境。她一口气讲完，为的是要表达内心的焦虑与饥渴。婚或不婚，是一种抉择；生或不生，又是另一种抉择。这种选择权，全然掌握在这位都市女子的手上。这已经不是写小说而已，她要传达女性的新观念、新价值与新身体。有些小说可能在乎技巧与艺术，但这篇小说在某种意义上似乎可以视为一种时代宣言。

刘梓洁，属于二十一世纪台湾女性的声音。她说故事时，抽掉了太多不必要的交代，而且也略过许多过场的叙述。她说话的语气代表高度自信，被动、被解释、被填补意义的女性身份在她笔下已经一去不复返。她的故事都是一个场景一个场景衔接起来，也是一个镜头一个镜头不断移动。女人的故事，或者男女的故事，就从这里从头说起。

陈芳明（政大台文所教授）

二〇一三年七月一日

亲爱的小孩

/

每个人出现的时候我都希望，
拜托这是最后一个了，
让我们维持稳定长久且公开的关系，
快快乐乐生个小孩。
可是偏偏好像我身上有个大破洞一样，
每个都留不住。

1. 爆米花

我想生小孩。

好几个超过四十岁没生小孩的女生朋友告诉我：过了就好了。她们在三十二、三岁时也曾经想生得不得了，想到连在捷运上看到两三岁小小孩牙牙学语听到银铃般的童稚笑声都会哭。但是，过了就好了，是身体激素在作祟，告诉你再不生就来不及了。过了就好了。她们拍拍我的肩，过了你就知道你还是可以继续抽烟喝红酒交男朋友浪迹天涯好不快活哩。

是。是身体激素在拉警报。身体就好像一个客气有礼而尽责的餐厅侍者，过来频频提醒你：last order 啰，请问要点餐吗？你摇摇头，干啜红酒，以为纯粹的品饮就足够。等到你胃里翻起一阵空虚，挥手请他过来，他只能赧然苦笑：不好意思耶，我们厨房已经休息了。从吧台后方的窗口，你还可以看到厨师助手正对着地板泼下一盆肥皂水。万念俱灰。侍者或酒保也许会可怜你，给你一些爆米花，可是你知道你把这如空气的小云朵一颗颗往嘴巴塞的时候，将无限艳羡着隔壁桌满满的辣烤鸡翅起司薯条墨西哥卷饼双份腊肠披萨爆浆巧克力舒芙蕾佐夏威夷果香草冰淇淋，一桌欢乐像变魔术一样越吃越多无穷无尽开出灿烂花朵，逼得你好想握着刀叉到人家桌边说，分我一口可以吗？

我不想变成那种人。

抽烟喝红酒交男朋友浪迹天涯像一盒随时都可能被撞翻的爆米花，满地狼藉与悲凉随时一触即发。我自知不是那块料，无法过了四十岁无夫无子依然美丽自信叱咤职场。如果没有小孩，我只会蹲在地上一直捡一直捡爆米花而已。

对我，过了并不会好，而是，过了就毁了。

2. 性生活

一个没有性生活的人说想要生小孩，就像一个从没买过乐透的人幻想自己中头奖一样好笑。但也许，可以先说说我之前那段有如刮刮乐般的性生活。百元刮刮乐，刮了中一百，再换一张，还是中一百，就这样没输没赢，仿佛可以天长地久。甚至，噢，亲爱的小孩，有次我觉得我非常非常接近你了。

那是我三十岁生日那天。我要搭晚上的飞机去旧金山，中午 H 请我吃饭，帮我庆生，用他短暂的高级主管午休时间。我拉着行李箱搭高铁去找他，H 总是在我出车站大门时就看到他。他站在他的车旁边，西装裤熨得笔挺，淡淡笑着，对我挥手。吃了一顿高级的意大利餐后，他送我去搭高铁，我撒娇嘟囔着：哎唷人家五点到机场就可以了，一边把手钻进他棉麻西装外套的袖口，来回摩挲。他当然知道我想干吗，他也痒了，我再把他搔得更痒：今天是安全期唷。我知道他想干脆停车把我抓起来，但他好凛然：我三点要开会，只剩半小时了，你早说就不去吃饭了。哦是啊我早说我们就会从高铁站外带两份摩斯汉堡去开房间好棒的三十岁生日哪。我当然没把这句话说出口，如果你想打炮，你最好别机车。我继续使着小狗眼神，嘟嘟囔囔，手指在他下臂内缘画圈圈。

H 开着车在高铁站附近荒凉空旷的重划区瞎绕，马路很新，几乎无车，有些刚建好的大楼。他在一长满杂草的空地上停下，说:这儿可以吧?他不知从哪儿变出好多隔热板与窗帘，人没离开驾驶座，像登山老手搭帐篷般，两三下，车子被包得隐秘，我怀疑他是不是按了哪个钮，连车外的车牌号码都包起来了。我们各自褪去下半身衣物，他说：把椅子退到最后，椅背打到最平。他压了上来。我只想着，天哪他是车震的老手。我没感到任何刺激，只觉得轻率潦草，并冒出许多诸如科技园区高级主管下班回家前在厂区后山叫应召妹来车上干炮的幻想，我只想赶快结束。H 向来温文拘谨，总是要我先到他才到。我做假地喊叫了一声，他加速后发出畅快的低吼。他射了，在里面。

我拉着行李箱进了高铁站女厕，在马桶上坐了好久。天啊第一次我们在好漂亮光是浴缸就有一个双人床大的精品旅馆，第二次在我家，前戏还是在阳台就着烛光吃着甜点开始的，这是第三次，在不知道将来会盖成厂房还是豪宅的空地上。我好想洗个澡，左顾右盼为什么厕所没有像东南亚那种从马桶水箱外接出来的冲洗水管。那，我要带着这些精液到旧金山去了，在我的生日，飞过换日线，到旧金山仍是生日，有可能也是你，亲爱的小孩，的播种日。

之后渔人码头、金门大桥、卡斯特罗街、嬉皮村、纳帕谷酒庄、城市之光书店、科波拉开的餐厅，我都想着，亲爱的小孩，如果你真的来了，你的第一趟旅行可真爽哪，你会不会长成一个嬉皮呢？我每天清晨在旅馆大厅开公共计算机上网收信，H 没写任何信来，我也没写给他。七天后我回到台北，H 没打任何电话来，我也没打给他。几天后我受不了主动打了，他没有接，亦没有回。

两天后收到他的信：你是个好女孩，应该去寻找真正属于你的幸福。明明是屁话，我却对着计算机屏幕哭了一整个早上。当然我没有怀孕。然后，第二张刮刮乐，L 来了。

我在书店的身心灵书区遇见他，他用简单的英文与我攀谈，瑜伽、印度、奥修、新时代等等，末了说句很高兴与你谈话，祝你有美好的一天，我说你也是，便各逛各的去。半小时或一小时后，我走出书店，看见他的背影。他站在书店门口，面向马路，等着什么。但不是等朋友，也不是出租车，不是任何具体的物质。应该是说，等着什么，未知的、暧昧的、暂时性的，存在。那身影透露出来的一点点恍惚、茫然、寻觅，别人也许看不出来，但我懂。我也常有那种时候，而我总是什么都没等到。

我走过去，礼貌地跟他说，Bye－bye，他也微笑点头。我转身，往捷运站。果然，他跟了上来，问我：要去我家吗？我说好。

上出租车、到老外在台北短期租居的饭店式套房、脱衣、做、淋浴、穿衣，一起下楼，到第一个路口，两人成九十度各自前进，真的拜拜，不过一个小时的事。进他家时已是傍晚，出来时，天也未暗。

那个做，真的太短了。背后，正面，射，像快餐店的出菜工序。没有亲吻，没有拥抱。身体保持着一个点接触。淋浴时，他给我洗好的白浴巾，他自己稍后用另一条。更衣后，我用的那条毛巾就进了洗衣机，像 SPA 会馆的服务。（也许，怎么搞的总觉得更像，盲人十分钟按摩。）我淋浴出来后，他站在阳台，看着外面。我过去从背后环抱裸身的他，他反手，捏捏我隔着浴巾的臀部。

下楼电梯里，他说，我不常这么做的，虽然我看起来很像，但我不是。他拿了两本书借我，但我隐约觉得，没还他也没关系，就像是彼此不再见面，也没关系。但是没有，接着的几个月，他两三个礼拜会传个简讯给我，然后我们把上述的事从头到尾做一遍。

L 一定要戴套，他从印度尼西亚泰国一路当背包客来到台湾，沿途必定风花雪月，我想这是最基本的礼貌与卫生，也就不曾去想会不会不小心生出个金发碧眼混血儿。但 L 软得快，拆套子时难免气急败坏，这是我跟他做时的一个困扰。我把这困扰告诉好姊妹 Mori，Mori 的强项是从面相看鸡相。他要我传 L 的照片给他看，诊断还有救没救。但我连拿起手机和 L 头靠头自拍都不敢。Mori 像在上物理课一样告诉我，如果硬度一定的话，老外通常较长，硬度也就分散了。我想这句话的普及版是：有一好没两好，适用于人生所有事情。

有次不知怎的，L 买到一盒异常难拆的套子，外层的塑料膜怎么抠都抠不起来。一盒不都有三个吗？怎么每次轮到我时都是在拆新包装？上次剩的另外两个跑哪去了？我从不问，没啥好问。不是用掉难不成是吃掉？（借邻居了，如果 L 要白目一点他可以这么说。）也许说不在意是骗人的，不然我就不会在这边光溜溜而好整以暇地等着他，连一句“sweet heart，需要帮忙吗？”都不问。也许我正不怀好意地袖手旁观他看着自己逐渐软掉，作为无声的报复，虽然这对我也没好处。

L 拿流理台上的水果刀去刺那顽固的胶膜，结果手滑了，刀尖戳进手掌，鲜血汩汩涌出，天哪这时不软也得软，我过去抓起他手看他伤口，口子不大，却颇深，我抓了把卫生纸要他压好，两个人手忙脚乱穿好衣服，拦出租车去外科缝了两针。惊魂过后，我和他在回程出租车上笑得像小孩一样开心。他上气不接下气：所以你刚刚怎么跟医生说？说我怎么受伤？开生蚝。我也笑得尖锐如八婆。那医生说什么呢？他说，哦，生蚝真的很难开要小心。我们又大笑得旁若无人。天啊你真是天才，L揽过我肩，亲亲我的额头。我猜出租车运将一定以为我是专泡夜店专钓鬼佬的三八。但我不是。我只是等到什么就是什么。

回到L家后，我们还是做了。那是唯一一次，L让我留在他家过夜，他把没受伤的那只手让我枕了一整夜。但我们的关系并没有什么突破性的进展。两个月后他离开台北回去欧洲，我传了简讯：Bon Voyage。那时我在捷运上，人很多，我站在车门边，看见玻璃门上的自己微嘟着嘴神情忧伤。到了家的那站出了车厢，又到对面月台坐回市区，去Mori的店。

Mori换了伴，新伴叫阿宇。以前那个叫阿克。阿克的强项是心情调酒，就是你描述心情，诸如回忆起往昔恋人叹出一口淡淡的哀愁，或是有具体画面的裴勇俊凌晨四点到我家修冷气，阿克都调得出来。我没问阿克到哪去了。Mori招呼着我，想喝什么阿宇很厉害哦。我说，酸一点的。我说Mori啊如果我现在肚子里面有一个欧洲混血儿就生下来送给你和阿宇好了。Mori知道我又在疯言疯语，走出吧台，说：来啦抱抱啦，对我张开双手。Mori这死gay知道我的死穴，他的肥厚手掌轻轻压压我的头，我的眼泪就流出来了。他说，阿宇有通哦，要不要他帮你看一下。我揩去泪水，看我什么时候会生小孩好了。

害羞内向的阿宇，眼睛直直看着我几秒后低头，像在接收什么讯息，然后他抬头：有个眼睛又圆又大的小男孩一直跟着你，在等着你把他生下来。神了，他现在在哪？我望望四周。阿宇说，反正他一直都在。

这个大哥大也跟我说过。他说小孩这种东西是很玄的，他自己想来的时候，就会想办法下来。最重要的是爸爸妈妈电光石火结合的那一瞬间，要让他感觉到爱，他就会愿意来了。

哦，是啊。爱。所以当爸爸妈妈在高铁站旁的荒地胡搞瞎搞，当爸爸拆个套子都要缝两针妈妈在旁边笑得像个三八时，你一定很瞧不起我很不想理我对不对？亲爱的小孩。

3. 一句话

爱。什么是爱？爱与性可以分开吗？如何观察一个男人对你只有性还是有爱？这些问题，就像女生如何快速达到高潮或如何让你的他欲仙欲死一样，《柯梦波丹》创刊以来每期都有大师循循善诱并提供测验量表，如此老哏，每次我去剪发还是都乖乖把它看完。而现在，我像个心理测验出题机一样问着 Mori，H 每次开车时总把一只手腾出来让我抓着，那是爱吗？我低头看书时，L 会帮我把垂下来的刘海轻轻拨到耳后，那是爱吗？

吧台另一侧，一位假睫毛贴得好长好密的美丽熟女，露出妹妹别天真了的表情，媚然一笑，说：要知道你爱不爱一个男人，很简单，就是看你愿不愿意吃他的精液。太猛了大姊，这么说来我一个都没爱过。（有次和 L 想要玩玩看结果我冲到浴室呕半天好尴尬。）

其实以上我都在装可爱。爱不爱，我很清楚，是要看分离的那一刻。

我和N在床上缠绵悱恻了两年，从没说过爱字，他到要上飞机的前三天才在电话中告诉我，要跟家人移民到洛杉矶去了，不会再回来。有些书要还你，看你要来拿还是我拿过去？（谢谢哦好有礼貌的分手仪式呐你怎么不干脆说要叫快递。）我过去了。我当时与人分租一层公寓，每周去一次他那一厅一房一卫一厨的住处，那对我来说已经是舒适得不得了的小窝，而现在，收拾得干干净净，只剩一条长沙发和一袋要还我的书。我们分别坐在沙发两头，什么话都说不出来。两年前，我和一群朋友到他家吃吃喝喝，解散时大家在门口穿鞋有人先去按电梯，我弯腰穿着平底绕踝系带凉鞋，N对我说：你留下来。我乖乖坐回沙发，等着他，他送完朋友回到沙发上，我们就这样开始。

厨房还有些碗盘，你需要吗？他有点艰难地开口，仿佛是他最温柔的道别。我摇摇头，两颗大泪珠咚咚掉下来，我低头看着白色瓷砖说：你一句话，我可以放弃现在生活的所有东西，买一张机票跟你去美国。抬头一转，看到他脸上挂着长长的两行泪。对望一眼，他把我抱进怀里，说：你还年轻，你的路还很长。他送我到门口，摸摸我的左脸颊，说：要快乐。我说：你一句话我会马上到你身边。那大概是我这个俗辣这辈子最勇敢的一次。

N走了。我着魔似的每天到瑜伽教室报到，基础的进阶的各种派别的课胡乱上，一个月操掉好几公斤体重。然后，我突然顿悟事情不该这么瞎，问了 N 的好友，果然，这两年他其实另有出双入对的女友，而他带着她去美国展开新生活。

在美国的 N 偶尔来信，寄些超好笑影片或超可爱猫狗或超恐怖快餐店内幕的群组转寄信，我偶尔回一两行不痛不痒的字（我从没问他那晚的眼泪到底是为什么），好像只是为了拉一拉线，彼此确定，哦，你还在。两年忽而过去，我陆续遇见 H 和 L，H 和 L 又陆续消失。

所以说，你是遭遇好严重的情伤，所以放逐自己吗？不，不是这样的。感情并没有这么奏效的因果律。每个人出现的时候我都希望，拜托这是最后一个了，让我们维持稳定长久且公开的关系，快快乐乐生个小孩。可是偏偏好像我身上有个大破洞一样，每个都留不住。

没有因果，但填空、递补却在冥冥之中发生着。就在 L 回去后的两天，N 发来了越洋简讯：要来美国跨年吗？我尽量把它想成是另一张刮刮乐，而不是我等待着的一句话，但我还是火速买了好贵的机票。N 帮我订好了洛杉矶华人区的民宿，他那几天不回家住，而陪着我，我们在跨年夜穿越美墨边境到提华纳，然后到拉斯维加斯吃喝玩乐了一个礼拜，再深入沙漠，住在国家公园露营区的小屋，最后回到洛杉矶。但除了晚上睡同一张床之外，我们像朋友，对那些大卖场里、名牌 outlet 里、餐厅酒吧里、赌桌边过度殷勤的美式问候（哦你们是夫妻出来玩啊有没有小孩呢？），彼此也很有默契地说：不，我们只是朋友。

忘了是第几夜，两个人做完后在黑暗中互拥，我哭哭啼啼跟他说，我们生一个小孩吧，我可以自己养自己带，绝不找你麻烦，要签切结书都可以。他不肯，说他受不了心里的负担与牵挂，说我想得太天真太容易。我会很爱很爱小孩的，我哭到好像全世界都对不起我，哭到连我自己都讨厌自己，哭到睡着了。半夜迷迷糊糊，他的身体挑逗着我，他想来第二次，我的身体回应了，他到最后一刻仍抽出来，射在我的肚皮上。我想进浴室去，用手指或面纸蘸一蘸，自己手工送进去，也许会有奇迹，就像医药版报道游泳都会怀孕那样。但我只是瘫着动不了，眼睛张不开，身上的泪痕与精痕像隐形的绳子，把我绑在床上，只能任疲累与睡意一波一波将我带向深层睡眠，那儿将提供完整修复。醒来已天亮，N 不知起来多久了，他穿戴整齐坐在窗前，我全身赤裸坐在柔软洁白的被褥中间，静静看着逆光的他。他转头看我，眼里有柔情：我下去帮你买咖啡好吗？

最后一天，他送我到机场，把车停在临时下客的车道上，帮我拿下行李。我知道他不擅长道别，拥抱与吻别都太沉重，便给了他一个露齿的笑容，说：Bye-bye，拖了箱子就转身。他把两只手搭上我肩膀，凑近我，说：要快乐。我没再转头去看他的车，进了大厅，通过磨人的安全检查，上飞机。十四小时的飞行，空服员会过来喂食三回，我一餐都没吃，没看书没看电影，双手环抱住肩膀，昏睡再昏睡。快降落时，邻座的东南亚小帅哥友善对我推出一片口香糖，我摇摇头。我知道这趟美国行刮刮乐的最大意义就是，我什么奖都没中，我无法再拿去换下一张。好吧隐喻真的很烦。也就是说，我明白了我无法再去跟姊妹淘们撒娇说这些无疾而终的关系是很瞎很白烂或只是玩玩而已，而是，我面对了自己：我是一个不被珍惜与不被选择的深深挫败的婊子。

不爱何其残酷。但你会对一部吃光你钱的吃角子老虎机哭天抢地，摇着他肩膀跪求他在他脚下哀号昨天不是还好好的你为什么要这样对我呢？不会嘛，对不对。说到底，都是自愿的。你不该因为对方没有给你等值或加倍的回报就觉得他对不起你。钱是你自己要投的。你只能说:哦，对，我运气不好，我衰小。

而，也就在那一刻起，衰小的我没有了性生活。

4. 劝生堂

劝生堂堂主伉俪切爸切妈爱情长跑十五年。十五年里他们一起爬完台湾所有的山，溯勘无数条高山溪流，不过瘾，毕业后又跑去美国科罗拉多州攀冰岩，去爬阿根廷第一高峰。最后切爸完成了七大洲七顶峰，圣母峰队伍胜利归来，切妈去接机，在记者簇拥下，切爸向切妈求婚。婚礼还没办，两个人先去巴黎巴塞罗那度蜜月，回来就发现怀孕了，把肚子里的小孩取名叫切。切・格瓦拉的切。

既然在巴黎巴塞罗那怀的，怎么不叫两巴呢？话一出口，我自己哈哈大笑，切妈也笑到一直拍我，在隔壁书房的切爸喊着：两巴，台语能听吗？我们又狂笑不止。十个月大的小切抓着奶瓶躺在我和他妈中间滚来滚去，跟着发出银铃般的笑声。切爸切妈是我大学时最要好的学长学姊，他们人生目标看似是云游四海，但其实那些让人流口水的大山壮游只是副业，他们好厉害地一边拿奖学金出国念博士（切爸会说，反了啦，玩是正职，念书只是兼的），现在回来了，在四时盈满阳光的南部家乡买房买车，教书带小孩，安居乐业得更让人流口水。我学位读得零零落落，感情一塌糊涂，要说赢了什么，恐怕是，自由。

自由哦自由。那些年偶尔他们回台，便吆喝四散在北中南东的大伙在南部集合，去西子湾喝啤酒吃海鲜看夕阳，然后到中山大学的堤防上躺成一排，其中一个学长弹着吉他，我们在海风中一首接一首唱歌。拥挤的乐园，Say good-bye to the crowded paradise。然而，I want you freedom,like a bird.

在他们终于定下来时，我也不再动不动重色轻友不见人影，他们便常叫上我，买张高铁票南下，与他们一同 family day。我看着小切六个月，十个月，一岁，一岁半，两岁，会爬，会走，会跑，会叫把拔马麻阿姨，会说谢谢和 bye - bye。看着切妈又怀了第二胎，二十周，二十四周，三十周。我们不再去弹吉他吹海风，而是，带着小孩到大卖场。几次下来，切爸切妈发现了我带小孩的天赋，把小切与购物车放心丢给我，两个人研究起澳洲牛小排意大利起司与神之雫漫画红酒。我与小切唱着儿歌，学他说的依呦依呦火星文，推着他到货架或冰柜前认知学习，这是鱼，小切要不要吃鱼？这是牛奶，小切有没有喝ㄋㄟㄋㄟ[①]？切爸切妈抱着一大堆食材放进购物车，切爸说:感想如何？单亲妈妈实习之旅？我说：叮叮叮，挑战过关。小切又学着我叮叮叮个不停。

回到有着扫地拖地机器人与洗碗机的切宅，一桌食物就绪后，将爸将妈带着小将过来，他们亦是高雄劝生堂的重要成员。两岁的小切与两岁半的小将把整理箱里的玩具整箱翻过来，发出小动物的笑声与叫声，追逐跑跳，把家里当丛林，便是把拔马麻阿姨们的大人时间，每个人手上晃着大人的玩具，红酒，开始听堂主开释。

一定要生，就算单亲都要生。切爸总用这句话开头。我说再等两年吧，等经济更稳定些。切爸说你以为生小孩是种花啊？说有就有啊？剧本先写几个放起来啊！我说你以为写剧本是美而美煎荷包蛋啊，还可以先煎起来放咧。切爸说你四十岁会发现你想吃想玩的都吃完玩完了，那时你没小孩你要干吗，上外层空间吗？我说是啊说不定可以找航天员生哦。连俏话，都比不过将妈有次喝多，豪爽曰：就算婚姻破裂我都不会后悔生了小将，吓得旁边的将爸酒杯差点滑下去。

是，不后悔。周围还有一些朋友原本抱定丁克一辈子，意外怀孕，生下来了，开始喂奶换尿布买这个那个婴儿车婴儿床，每天睡不足三小时，从此只能喝三百块以下的红酒，不后悔。一次一次，我从劝生堂离

---

① ㄋㄟ：音为 nei，闽南语，文中意为“奶”。

开坐高铁北返时，车厢里总有哭个不停的小婴儿或鬼叫跑闹的小小孩，我一次比一次更有耐心，不再当那个臭脸的机车阿姨。如此几个月一次的实习之旅，都可以把我灵锐棱角渐渐磨得平滑柔软。亲爱的小孩啊，我真不知道，如果你不来，我会带着这些锐角，自伤伤人到何时。

大哥大说他劝伴不劝生，要生要有伴啊。大哥大年纪跟我妈一样大，大我两轮，我们都属猴，大哥大的小孩也是小猴子，但小我两轮，盼了十多年四十八岁老来得子，大哥大对小孩已有一套心得：他想来自己会想办法。重要的是，找个好的伴吧。我像个大女儿一样嘬嘴任性：我打算去巴厘岛来个解放之旅，最好是黄是白是黑等生出来才知道！大哥大要我别吓他，但他知道我想做什么的时候拦都拦不住。

我真的去了，但业绩挂蛋。每天在巴厘岛的山城乌布走来晃去，在最热门的咖啡馆外，精壮结实的印度尼西亚小伙子坐成一排，热情招呼着：你需要伴吗？我却像个俗辣快步通过。我也见到一些独自一个人来旅游的西方或东方女子，她们真的要了伴，我不知道需不需付钱或怎么收费。有天在巴士站，一个印度尼西亚男孩带着一个白皙丰满的韩国女孩来搭车，男孩抓着女孩的手：email 我，okay？女孩伸手摸摸他的脸。我想，说不定女孩肚子里已有一个印韩混血儿，为什么别人可以我不行呢？我在骄傲什么或在挑什么？ Mori 也常跟我说，随时想生随时来找我，他认识好多随便睡自由得像只鸟的无政府摇滚青年，带着乐器去他酒吧，用演唱换酒喝，打烊后就挪开椅子在地上睡，他们绝对不会介意帮个姊姊达成梦想。是哦我还可以给他五百块钱让他去买牛奶喝哦。我打哈哈过去。偶尔在路上看到又高又帅简直韩国男模的男生，兴起传简讯给切爸：呼叫劝生堂，目标出现了，请问接下来要怎么做？切爸叮咚回传：交配啊！废话！但我连交谈都没劲，那不是我的菜，我只是嘴炮。我隐约知道，是大哥大说的，爱，爸爸妈妈电光石火结合那一瞬间的爱，否则什么年代了生个小孩还要眼睛一闭双腿一开牙齿一咬床单一抓，何苦来哉？

于是，在巴厘岛，我后来几乎都待在四周是稻田的瑜伽中心里了，瑜伽，呼吸，冥想，唱颂。Mori 说过好狠的话，他说灵修团体只有三种女人：离婚、死尪[①]、呒[②]人爱，他要我别沉迷进去，以免变成其中之一。而现在，我好坦然，对啊我就是呒人爱。有天在唱颂课哭得稀里哗啦，因为那天治疗师反复领唱我最爱的祈祷文：Lokah Samastah Sukhino Bhavantu。愿所有生命真正快乐，活得自在。我一遍一遍地唱，一遍一遍地原谅那些经过我生命的男士们，一遍一遍地，原谅我自己。

5. 小男孩

早班飞机回到台湾，一开手机，就收到劝生堂传来 WhatsApp：二比零了，加油！

---

① 尪：闽南语，意为“丈夫”。
② 呒：闽南语，意为“没有”。

啊，是切妈生了，三天前。切妈每天传来好多段影片，我站在行李转盘前，一个一个点开看。三天大的小切妹，俨然小切的秀气版，小小的鼻子与嘴巴，眼睛灵活有神，悠然左右徘徊，迫不及待张望这世界，哎呀打个哈欠都要让人融化了。我回传讯息：小切妹太美了啦！我要赶快生个男生来跟她姊弟恋！后面打上好多个唇印。

不知是巴厘岛的能量太正向，还是小切妹带来的光和热，我没像以往回家睡大觉，机场巴士直接坐到百货公司前面下车，去给小女娃儿买礼物。百货公司刚开门，还没什么人，我最喜欢这种时候。上童装部门前，先在一楼的精油香氛区绕了一圈，逛了几家比较质量价格，最后回到第一家。

专柜小弟过来招呼，装熟似的：要不要试试我们家的尤加利精油？这对小朋友的呼吸道净化很好哦！我说：呃，我还没有小孩。拉了拉宽松的巴厘岛棉麻洋装，歪头装可爱：而且这叫娃娃装，我没有怀孕哦。小弟连忙抱歉地说：不好意思因为我刚刚看您牵一个小男孩走过去，我以为是您的小孩……太玄了！我猛然放下手上的精油盖，逼供似的：长什么样子？瘦弱小弟显然被我惊吓到，怯怯地说：眼睛又圆又大，长得好可爱。天啊，我深吸了一口气。那他现在在哪？您第二次进来时我就没看到了。那你以为他去哪里了？哦，我以为您可能把他交给菲佣了。他说完吐吐舌头。（谢谢你哦不但看到我有小孩而且还是个贵妇哦。）我问：你是不是有通？换他露出诧异表情。我压低声音：我的意思是说，你是不是看得到别人看不到的东西？他犹豫了一下，看着我，点点头。

为了弥补小弟一大早开市就来了这么一场诡异对话，我买了好多各式各样功效的精油。结完账，飞行的疲倦与劳累忽席卷上来。我拖着行李箱，挽着提袋，进化妆室洗了把脸。看着镜子，拿纸巾慢慢擦掉脸上的水珠，压了压黑眼圈，挤出一个微笑，看着某个未知的存在，像分享一个无人知晓的秘密般，在心里对它说：嘿，亲爱的小孩，马麻从好远好远的地方回来，但我知道，我离你很近很近了。

礼物

/

有次看伍迪·艾伦的电影，
主角照例是个喋喋不休的老头，里面有句台词说：
“我上一次进入女人的身体是去参观自由女神像。”

李君娟想，她那七年也可以照样造句一下：
“上一次塞满我阴道的大家伙是一个三千四百克的宝宝。”

1.

李君娟看着邮局便利箱里那一根阳具钥匙圈看了好久，不知该如何是好。她叹气阖上盒子，丢进最不常开的抽屉里，那里面有一堆厂商纪念品。她摇摇头，想：难。太难了，从头教真的太难了。

那是阿超去毕业旅行买给她的，说要用寄的才有惊喜。如果他是完全以情色为出发点，用来抚慰调情，那样还会让她有点兴奋。但不是，她知道，他真的觉得那是礼物。木雕是艺术，阳具是创意，钥匙圈是把艺术和创意结合在生活，你们文创人最爱讲的哦。她为他这一点善解人意感到心软，但又为他的低俗品味感到头昏。现在还有人在买永保安康吗？她想把这句 line 给阿超，但又放下了手机，太机车了，而且这只会让这个单纯大男孩更迷惑。她改成一个画满爱心的贴图。

太难啦。巴厘岛那么多东西好买，买罐椰子油或去角质霜下次两个人光溜溜地互相按摩多好啊。或是咖啡，噢还是不要吧，要是阿超又买了甜腻腻的三合一壮阳速溶咖啡包可不妙。欸，问题在她。她真的是个很难讨好的人。

大学快毕业时，爸妈好不容易第一次走出台湾，跟团去了上海六天五夜，回来时足足多买了一行李箱。下一次的家族聚会，妈妈把一屋子女孩儿叫来发礼物，从黑色大塑料袋里，拿出一个个襄阳市场名牌A货，长皮夹、小钱包、晚宴包，表姊表妹们又惊又乐，喜滋滋地拆封比较。轮到她时，却是一个扁扁平平的信封袋，打开，两套毫无特色的旅游明信片。她愕然看着妈妈。妈妈像在找着合适的词汇，眼神卑微，说："呃……我想这个可能跟你比较合。"是那游移的语气让她听出妈妈的言下之意：你老是瞧不起我们用那些庸俗的东西。

她会记得那么清楚，是因为那时她跟百大刚开始来往。

"我妈真的很不了解我耶。我当然也会喜欢那些小女生用的东西呀！"二十二岁的小女生李君娟和百大躺在温泉旅馆的大床上，她把修图过度的上海老弄堂、即将完工的东方明珠塔、豫园九曲桥一张张放在百大身体上，三个点和其他地方，接着好玩似的，跪到他脚边，鼓起腮帮使劲一吹，几张明信片飘落床上，百大身上茂盛的毛发摇颤，她便呵呵笑起来。百大用两只脚把她夹过来紧靠自己，说："何必用仿的，我买真的给你。"

以李君娟的理性，她绝不会让自己变成一个拜金女，但难免有麻雀飞上枝头的受宠若惊。为了厘清对百大的感觉，她还去书店翻了很多两性书籍，其中一本果然提供这个状况：

Q：要怎样知道你爱的是他的人还是他的钱？

A：爱一个人时，你会希望他快乐。

这毋庸置疑，李君娟愿意做任何事让百大快乐。而她知道只要尽本分发挥她小女生的魅力，就能做到。

“跟我说一个秘密好不好？”百大点头。她轻轻拂着百大多毛的腿：“如果你全身酸痛可以贴撒隆巴斯吗？”

聪明、灵巧、幽默、爱笑、优雅得体、体贴、好教。两个礼拜后，百大就带李君娟去了香港。李君娟在洗澡时，百大写在饭店便条纸上的，他忘了收，她拿起来看，露出扬扬自得的窃喜，“这是在说我吗？”百大点头。“那我有缺点吗？”小女生把嘴巴嘟到他面前。“现在还看不出来。”“好教是什么意思？”“你以后就知道了。”

他们才在一起一个月，大部分时间在床上。而百大说什么李君娟都信。

Q：你结婚了吗？ A：五年前离了。

Q：我们不用避孕吗？ A：我结扎了。

Q：为什么？ A：我前妻不喜欢避孕，我们也没打算生小孩。

Q：我们怎么都不去你家？ A：我跟我爸妈住。

Q：那你会带我去见你爸妈吗？ A：再过一阵子吧。

Q：我爸妈都是乡下公务员耶，配得上你们吗？ A：担心什么？你这么好。

二十年后，李君娟还是搞不清楚，当时到底是鬼遮眼还是被高潮冲昏头。（她那时已不是处女，她跟同年纪男孩子做过的，但从没那么好。补充：往后也没那么好。）也许更正确地说，是她还来不及搞清楚一切就已经结束。她害怕人生也是如此。

她四十二岁了，来到当时百大的年纪。

她偶尔发发娇嗔跟阿超说："噢，我们早两年认识就好了，那样还可以说我们是二十几岁跟三十几岁，听起来不会差那么多。"阿超会说，反正你又看不出来。阿超二十七岁，至少还要等三年，她才能跟人家说他们是三十几岁跟四十几岁。

跟阿超第一次约会是在台南。她回来后，在浴缸里泡热水泡了好久，好像想把一切搞清楚。泡到水冷了，皮皱了（不行，要赶快起来抹点紧实霜了，她想），披了浴袍出来，到小汤玛士的房间看看他，他睡得好熟。她在书桌上摊好的联络簿签名（照例，画上爱心和笑脸，写上谢谢老师，她一直是用心又讨喜的单亲妈咪，教师节会送老师高级饭店下午茶券的那种），阖上。顺手撕了一张小汤玛士的海贼王便利贴，坐回客厅沙发上，她把整个晚上回想了一遍，然后写下：

单纯、体贴、睫毛长、指甲干净整齐……她倏地停住，把小纸片在手里对折，自粘那面在手心留下隐微的酥麻。她想，噢天啊我变成百大了。

2.

要怎么用最快的方式交代李君娟的前半生呢？也许是九年前在妇产科的那段问诊。

她走进诊间，坐了下来。女医师手上拿着她的验孕棒，上面有两道紫色线段。“李小姐，验孕的结果是您怀孕了。有几个问题要先冒昧请问您，请您尽量配合回答，好吗？”李君娟点点头。

“您结婚了吗？”“没有。”

“这是您计划中的怀孕吗？”“不是。”

“之前有怀孕、生产或流产过吗？”“有过生产，一次。”

“是多久前呢？”“嗯……十年前。”

接着医师劝说她，您已经三十三岁，下一次怀孕就是高龄产妇了，要不要考虑留下来呢？医师还拿着像星象图的转盘，帮她看了预产期。但她坚定无比，不留。

“好的，那我们先照一下超音波，再回来讨论接下来要怎么做。”

在超音波床上躺好，女医师进来，用探测棒磨着她的下腹，说：“这是你的子宫，我们现在要来找一个小黑点。”医师磨啊磨，说：“找到了！”她其实看不太清楚，而她觉得躺在这里好舒服。

医师点了鼠标，量了小黑点的直径，说："嗯，0.8 厘米。""大概三个礼拜。"

她穿好裤子，回到诊间坐下。医师一边写着病历，一边说："还很小。您可以选择手术或药物流产。"

应该说这家诊所太专业，或太有同理心呢？最适切的词应该是英文：considerable[①]。对，太 considerable 了。李君娟这时才发现，那让她觉得有点怪异，但却很舒服的东西是什么。

医师描述时，没有任何的主词或代名词。例如：宝宝、小孩、孩子或贝比，没有说"宝宝现在 0.8 厘米""贝比大概三个礼拜大""小宝贝还很小"。医师既已知道她决意不留这个小黑点，也就自动删去这些太温情的称呼。对其他手牵手来、洋溢幸福喜悦的新手父母不会这样吧？她觉得医师的 considerable 让她感激，却又隐隐不忍。

医师解释了两种流产方式的优缺点，问："您决定哪种呢？"

她像是在考虑买 A 餐或 B 餐那样地，把手放在嘴唇上，喃喃自语着决策过程："嗯，它还很小……"她不知不觉给了个主词。

医师重复："对，它还很小。"

突然，这四个字像个开关，她的眼泪决堤而出，紧抿双唇，再说不出话。护士专业迅速地抽了好几抽面纸递上，医师说："李小姐，没

---

① considerable：贴心的。

关系，您可以回去再考虑看看，不急着今天做决定，因为它还很小……”

李君娟决定放肆大哭，三十三岁明艳美丽的商学博士基金经理人，现在坐在病人专属的小圆凳上，像个小女生一样嘤嘤抽泣，稀稀糊糊的声音重复着：“对不起……对不起……”每说一次，就哭得越大声，没有停止的意思，场面完全失控。

医师说：“没关系的，李小姐，怀孕初期情绪会比较脆弱敏感，如果您需要，我们可以请护士带您去休息室……”现在李君娟换成不断摇头，先是像个什么都不要的怄气小孩，接着，随着摇头的速度慢下来，眼泪也慢慢收了。

她做了几个深呼吸，接过护士的面纸，擦干眼泪，擤了鼻涕，镇定地说：“谢谢。”她回来了。从脆弱崩溃的边缘慢慢泅泳上岸，只花了两分钟，没有耽误到下一位病人。她甚至还挤出一丝笑容，对医师说：“谢谢，我先回去想想看。”

不用想，那时她已经知道答案，她要留下这个小黑点。从今而后，与他相依为命。（整个怀孕过程她都隔着肚皮叫他小黑点，直到生出来，哇，好白一尊胖观音，才改叫小汤玛士。）

她开始乖乖地做产检。当然，换了一家医院。

3.

那几声撕心裂肺的对不起，并不是对着医师护士说的。而是对着，她没见过的，她与百大的小孩。她只记得那时她听到了洪亮的哭声，好惊讶原来跟电影中的罐头音效一模一样，但马上切断所有联结与想象。她觉得自己只剩下半条命，竟还可以像教官喊口令一般，从撕裂的丹田喊了一声："抱走！快点！"

她不是不忍心看，什么怕看一眼就会放不下忘不了那些，不是，是她根本就不要看。之前整整九个月，超音波什么的，她也不看，穿上裤子就赶快走。反正百大的手下，更正确地说，是李君娟那段时间的管家兼保姆，茉莉，会去听医师完整的报告，然后连同胎儿照片越洋上呈给百大和他老婆。

那是策划完美的诈骗。噢不，他们的说法是，交易。各取所需。

香港回来后，百大问李君娟想不想去美国读书？她说是在计划呀，但她要先一边工作存钱，一边考奖学金，"我不要你包养哦。"她补上。

他丢给她一份文件，是他们家族企业基金会的奖学金申请书，限今年商学院大四毕业生，在校成绩前百分之二十者，奖学金包括第一年的语言学校、研究所学杂费及生活津贴，完全为她量身打造。"这是黑箱作业吧？"李君娟说。

"这是我给你的毕业礼物。"百大说。

"可是我出国读书就看不见你了。"

"我会先陪你去，以后也可以常常去看你啊。"百大温柔得让李君娟完全融化。

还会把“万般皆下品，唯有读书高”挂在嘴边的李君娟爸妈，接到正式的奖学金录取通知书，当然高兴到来不及怀疑。但对理性的李君娟而言，too good to be true。为了不想让这一切变成南瓜车与玻璃鞋，出国前还叫她妈带她去算命。

李君娟原本害怕算命者会泄露什么（例如把妈妈拉到一旁说，你女儿正跟大她二十岁的男人打得火热），但端详完生辰姓名手相面相，算命者对李君娟说：“你一定从小就觉得跟爸妈家庭格格不入对不对？而且你长大到现在，做什么都我行我素，好像没什么好怕，对不对？因为你做什么都有神在顾，你跟这世父母兄弟不亲是正常。”

李君娟偷偷看了妈妈，那纯朴庸俗的妇人脸上浮现“哎唷还真准”的表情。

算命者接着说：“你前世是神的小孩，做错事情才被打入凡间，你这一世是来修行的。”他转向妈妈，“所以啊，对她最好的方式就是不要管她，让她自由去飞。她衔到了果实，自然会带回来跟你们分享。越烦恼她，越是折她的福报。”

于是，加州夏末，明亮和煦，那些电影里看得到的，太平洋一号公路上，戴墨镜穿小花露背洋装坐敞篷名车摊开丝巾妖娇迎风，再转身在开着车的帅气情人脸上深深一啄，李君娟全亲身体验了。来到美国，百大更野了，每晚买不同的性感内衣要李君娟换上。百大似乎偏爱蝴蝶结，像拆礼物一样把蝴蝶结拆了，青春肉体便活跳面前。其中只有一套没有蝴蝶结，蕾丝薄纱在三个点开三个洞，百大整晚伏在她身上亲那三个洞。

他们每晚还玩不同的游戏：

“今天的规则是你去抽一张 A 片来放，抽到什么就要照做。”

“抽到跟狗的怎么办？”

“抽到吃大便的才惨吧。”百大难得咯咯大笑起来。

“你要变出大便比较容易啊，现在半夜你去哪里变出一条狗？”李君娟没在怕。

性感、淫荡、很会叫。她希望他曾在小纸片写下这些。那几天李君娟几乎把喉咙叫哑了，每早刷牙前清喉咙时都在想着，天啊以后怎么办？

但人生就是这样，在你想着以后怎么办时，它就蹦出来告诉你：没了。没有以后。

李君娟的月经没有来。

百大带她去看了当地的华人妇产科，确认怀孕。百大一路安静阴沉，没有她期待的反应：“不要怕，我会陪你。”或“生下来，我们结婚。”她能察觉到，有异状。他们即将经过两人交往的第一个（她不知道也是最后一个）乱流。她准备好了，冷静应战。她也不说话，不像以往那样主动勾他手。上了车，百大开口：“先吃饭再说吧。”

那是他们吃过最多次的餐厅，一家很平民家常的港式饮茶，生意很好，随时客满。总是百大去停车，李君娟先去登记位子。这么做的时候，让她觉得他们已像夫妻。这次，也是的。一对莫名其妙冷战的夫妻。百大走进来时，手上拿着一个牛皮纸袋。李君娟已经点好菊普和百大喜欢的几样点心（聪明、体贴、好教）。百大从纸袋中抽出一份文件，递给她。（为什么不等吃饱回家再看？不像百大从容的作风。她的惶恐在升高。）

是一式两份的协议书。甲方：李君娟，乙方：百大的名字与一个“蔡丽真”名字并列，后面加上“夫妻”。内容是，甲方愿意将小孩生下交由乙方抚养。乙方承诺（1）安排产检、生产及产后静养，并负担所有医疗照料费用。（2）提供甲方在美国留学期间学杂费及生活费。（3）另给予新台币一千万元整。特殊约定事项：甲方不得以任何借口探望小孩，更不得与乙方先生见面来往。最后一页，百大与蔡丽真皆已签名盖印，附上身份证复印件，两个人的名字在彼此的配偶栏。（来往了三四个月，共度无数夜，有时百大的皮夹就搁在床头，李君娟竟从没想过翻一下他身份证来看？）她看了蔡丽真的出生年月日，比百大还老三岁，跟她妈同岁。也就是说如果完全照着走，这小孩生下来后将叫一个年纪可以当他外婆的女人妈妈。

四五个蒸笼啪啪上桌，排骨、凤爪、鱼翅饺、芋头糕、腐皮卷。李君娟觉得她的脑袋现在也弹出四五个画面，自己演了起来。

最大的画面是乙方夫妻的计谋过程。五月，蔡丽真对他说：你不是要回母校去帮应届毕业生做什么杰出校友演讲吗？从台下挑一个聪明漂亮的嘛！没错，好学生李君娟整个演讲过程都在享受排名前一百大的企业小开学长对她频频放电。六月，百大回家交上作业：聪明、灵巧、幽默、爱笑、优雅得体、体贴、好教（附上维多利亚港独照两张）。蔡丽真很满意，顺便抱怨为什么还没消息呢？她会不会自己在避孕呐？百大说应该不会，她很单纯。八月，肚皮还是没动静，好吧，蔡丽真使出最后一招，把老公送去美国爱爱之旅吧。

画面二，一个电子计算器。从个位数开始按好多个零，个、十、百、千、万、十万……一千万是多少？她自己慢慢赚能不能存得到？

画面三，她背包夹层里的信封。里面有出发前爸爸偷偷塞给她的美金，不多，但应该够她自己买张机票回台湾，还够去找妇产科做流产。然后她就还是个准备找工作的大学毕业生，什么都没发生过。

画面四，告他们！但她同时想到几年前听妈妈说他们同事有个女儿轻度智障，跑去邻村玩被强暴怀孕了，女孩的爸爸去找那人，要了二十万块封口遮羞。二十万，跳回画面二，她到目前为止所有吃的穿的玩的早就超过。

画面五，求他。在他耳边哭着说，我真的很爱你，我会好好照顾你和我们的小孩，你跟她离婚跟我在一起吧。抓着他手夹在他最爱的双乳之间，用他最喜欢的那招吸他。

砰！李君娟轻拍了一下桌子，关掉这些画面，把协议书一折，递给百大，冷静地说：“这不是你的小孩。”

百大有点慌了。大概他刚刚自己也想过五个画面，但没想到这一个。“你不要闹，上次你……那个来，我知道的，之后你都跟我在一起……”

“因为你说你结扎了，所以这不是你的小孩。”

“那不是真的……”从百大强作镇定的语气里，李君娟知道了，他吃定她不会在大庭广众跟他闹（优雅得体喏），所以才在这儿摊牌。他每一步都是推演过的。

“那请你跟我说，你从头到尾都在骗我。”

“对，我在骗你。”倒很干脆。

李君娟站起来，往外走，穿过停车场，五个画面又像吃角子老虎机一样在眼前快转。她觉得如果他们那么神通广大，现在应该会有几个彪形大汉来拦住她，把她架走，逼她签字，如果真的发生了，她一定要拳打脚踢奋力大喊救命，直到警卫发现。

后方果然传来急促的脚步声，她奔跑起来，对方也快跑跟上，一双大手从背后把她拦腰抱住，抱得紧紧的，她整个人被包覆起来，两个人的呼吸融在一起，是百大。她被攫住了。每天晚上睡觉她都要他这样抱着她，只是现在变成了站立，两个人的喘息来自奔跑，而不是高潮。百大把头埋在她头发里，不断摩挲，轻轻在她耳朵旁说：“什么方法都试了，试了十几年，你不知道那有多辛苦，就当作是帮我，好不好？”她能感觉他的眼泪从她太阳穴沿着鬓角慢慢滴下来。

两具身体保持完全贴合，极有默契地往角落移动。她把手轻轻覆在他的手上，左手带着他的左手往上来到胸部，右手带着他的右手往下走向两腿之间。她穿着他买的低胸雪纺洋装和薄纱无衬内衣，他想马上就感受她的坚挺和湿润，抚摸着，发出低沉厚重的气息。她反手绕过他身体，左手掐贴他牛仔裤里的结实臀部，右手隔着裤裆来回滑动，身体如蛇扭动。四只手的动作温柔缓慢加深，终于，嘴巴找上嘴巴，舌头找上舌头。他们就这样光天化日在洛杉矶华人区美食城的露天停车场上演站立式爱抚活春宫。

她可以感觉到，他好硬好硬了。快！现在换你出招！赶快！画面五！“我真的很爱你，我会好好照顾你和我们的小孩，你跟她离婚跟我在一起吧。”

但她终究没说出口。

并且要好久好久以后，她才知道，说不出口不是胆怯，不是心软，不是不想伤害另一个女人。而是骄傲与好强。她承受不住说出口又被拒绝的挫败与可悲。

4.

李君娟睡了好久。醒来时，她仍在“家”，百大在洛杉矶的房子，她与百大这两三礼拜口中的家。但百大，以及他所有行李已经不见。

她记得他们恍恍惚惚又做了一次，不，到底做了没有她都不记得，她不断喝酒又哭得好惨。她捕捉着片段的记忆：百大帮她修正画面一，说不是她想的那样，是去演讲时就对她一见钟情，和她约会上了床之后，回家跟老婆坦承，他们才商议出这一招。（这样伤害有比较小吗？）他又说，应该当时马上就把协议书给你看的，但是我不忍心。

“爱情之中最令人害怕的，是你已分不清楚睡在你身边那人说的话是真是假。”

神志不清的李君娟，脑里突然好清晰地弹出这句话，也是在书店的两性书籍中看到的。但她也要修正，不是“最令人害怕”，而是“最令人讨厌”。一旦讨厌的情绪升起，百大说再多她都觉得是谎话和废话了。

直到现在睡醒，意识清晰，她都不觉得她还喜欢他。百大走了，茱莉住进来，住在楼下厨房旁的客房。

茱莉是政商名流之间口耳相传的热门坐月子妈妈，好多官媳妇、企业家妻子、台港艺人来美西待产都指名要她照顾。这是李君娟在书房桌上资料夹上看到的，摆在正中间，明显是要她看。里面有茱莉简介、服务项目、紧急联络电话等等，像饭店 Room Service 那本。旁边，那个牛皮纸袋还在。她挪开这些东西，从行李箱里拿出英文会话教材，戴上耳机，开始读书。

是哪次趴在百大身上玩腿毛时跟他说的吧：“欸，我很变态耶。我同学他们都说恨死联考了，可是我说我不会啊，我蛮喜欢的。其实我是喜欢考前冲刺那时候的自己，因为什么都不用想，只要专心做一件事就好，心、无、旁、骛！”她说这些时只是想要让百大更了解她，理解她的“特别”。

她现在需要回到那个状态。二十二岁的公务员女儿，从小到大一路顺遂，遇过两次最大的挑战是高中联考和大学联考。现在是第三次，她只能从前两次经验里叫出一点专注和纪律来应对。

她禁语了一整个礼拜。每天她躲在书房，吃饭时间就下来吃茱莉为她准备的一人份孕妇养生套餐，她倒没有绝食，要吃好睡好才有办法作战（尤其每天饭后那一碗燕窝，她之后没再吃过更好吃的了）。茱莉问她有没有想吃什么？司机下午会来载我去买菜，有没有要买什么？身体有没有不舒服？她一律摇头。

一个礼拜过后，她吃着早餐时，茱莉拿着行事历（一本像工作日志的笔记本）在她对面坐了下来。茱莉说：“李小姐，上面安排你今天要去产检。我知道你是读书人，我说什么都左右不了你。但是，我想跟你说，只要想着最想达成的那件事，其他事情就都不重要了。像我就是想着要来美国、要拿绿卡，中间好几年所有你想得到的辛苦事我都做过了，但我现在心安理得。九个月……你现在剩下八个月而已，比男孩子当兵还短得多呢。你还这么年轻，身体复原得也快……”

茱莉后面说的劝世良言在李君娟耳边嗡嗡而过，那已都不重要了。李君娟已经听到她最想听的：“只要想着最想达成的那件事，其他事情就都不重要了。”这其实是这几天她潜意识里隐隐约约要成形的想法，只待有个人把它说出来。

早餐后，李君娟签好了名字，把牛皮纸袋交给茱莉，然后继续回书房。过了一会，她听到电话响了，她不以为意，有时是司机，大部分是茱莉的朋友或客户打来的。但她接着听到敲门声，她开门，茱莉把无线电话压在胸口，谨慎地说："孙先生请我问你，是不是都没问题了，如果是这样他就要回台湾了。"

李君娟塞满英文单词词组的脑海里荡漾起一点柔情。啊？百大还没走？为什么呢？是担心她吗？他就在电话那头吗？他要跟我说话吗？

她看向茱莉胸前的话筒，视线却完全被那丰满傲人的胸部抢了过去。她垂下眼睛，点点头，关上门。

过了大约五分钟，电话又响了。这回李君娟心跳加速，呼吸急促。茱莉又来敲门了，她再次开门，茱莉手上没拿电话，却说："李小姐，您的电话。"她指指书房里边桌上的分机，说，"拿起来就可以了。"

她关门，深呼吸，用颤抖的手接起电话。

不是百大。

是一个专业干净的男声，说他是百大的私人会计，"刚刚已将第一期款项汇入您的账户。"那数字，是她爸妈两人加起来五年的薪水，"尾款会在您生产完毕后汇入。"李君娟原本打算还是不说话，但"谢谢"却脱口而出。拿人东西要用双手还要记得说谢谢。爸妈从小是这么教她的。

挂上电话后，她出到楼梯口，往楼下叫："茱、茱莉……"声音有点胆怯迟疑，像是在试验这项使唤权管不管用。茱莉马上从厨房出来了，双手在围裙上抹着，抬头看她，准备听候命令。李君娟抿了抿嘴唇，说："我想吃麻油鸡。"茱莉专业地笑着："好的，没问题！"

"谢谢。"她听见自己沉稳地说。语调已有那么一点少奶奶的架势。

5.

茱莉说她从没见过状态这么好的孕妇。不害喜、不水肿、不腰酸背痛，只有肚子慢慢地大，其他地方一寸肉都没长。李君娟觉得自己根本是身心分离了，她每天大着肚子去语言学校，这颗圆球很好用，同学们不会和她太亲，加上司机接送，距离拉得更开，她完全没交新朋友，这正是她希望的。（一直到现在，她偶尔还会 google 自己名字，就怕有无聊网友人肉"哦李君娟我二十年前和她一起上过语言学校她那时大肚子"。）这九个月她完全不看镜子里的自己，也不去感觉肚子里的生命。

唯独一次。

接到柏克莱录取通知那天，坐在沙发上拆了信封，她忍不住雀跃，叫了一声："茱莉你看！"她要茱莉看的是通知书，但茱莉和她却同时看到怀胎七月的大肚动了一下，茱莉比她还欣喜，说："哇！你看！这小子在帮妈咪高兴呢！"李君娟脸马上沉了，收起难得的笑容，折好手上的文件，一声不吭上楼去。她半天不跟茱莉说话，直到下来吃晚餐，尽量装作没事。她本来想嘛起嘴说："你犯规噢。"但她做不出来，认真起来的时候是没办法装可爱的。

小孩出生后，被抱去哪她也不问。她乖乖地坐月子，挤了三个月的母奶，装在真空袋里，每天司机会来收奶。她觉得这房子现在是座牧场。茉莉陪着她退奶，她每天照着录像带跳有氧做仰卧起坐。秋天一到，她头也不回地往柏克莱去了。

六年读到博士，在跨国基金集团实习一年。中间她每隔两三年回来一次，她妈特别关心：有没有交男朋友？她说：没有看对眼的。她说的是实话。七年连个异国艳遇都没有，后来有次看伍迪·艾伦的电影，主角照例是个喋喋不休的老头，里面有句台词说："我上一次进入女人的身体是去参观自由女神像。"李君娟想，她那七年也可以照样造句一下："上一次塞满我阴道的大家伙是一个三千四百克的宝宝。"但她连个可以讲这样笑话的对象都没有。

三十岁，回到台湾公司就职。满树桃花一夜乍开，但每段甚至比一季花期还短，短迄一夜，长迄三个月。干净卫生，好聚好散，偶尔超级安全期玩一下无套中出，于是，小汤玛士从概率的缝隙蹦出来了。

"虽然是意外，但是我已经三十几岁，又有经济能力，没理由不要啊。"她这么跟她妈说。"爸爸是谁？"她妈当然关心这个。"我又没要结婚，"她学会了婆婆妈妈的语气，"反正小孩会跟我们姓李，你有查甫孙啦。"

她衔到了果实，自然会带回来跟你们分享。小汤玛士出生那年，爸妈退休，李君娟在一个新建案小区大楼里买了三户，两老与弟弟一家住在同一栋不同楼层，她与小汤玛士住在隔壁栋。弟媳生了一对双胞胎女娃，比汤玛士大两岁。如此一家，和乐团圆。她每年还招待全家出岛旅游，东京迪士尼、香港迪士尼、东南亚海岛度假，李君娟渐渐学会庸常生活的快乐。

李君娟桃花没有因为当妈妈而断根。前几年她调任文创基金创投公司当主管，认识各种奇形怪状风流浪漫的策展人艺术家制片导演，唯二条件是：一，跟工作是两回事；二，不拖泥带水。恋爱谈得风风火火，但她很有分寸，几乎每天晚上回家吃晚饭陪小孩，偶尔真的需要约会或应酬，她妈会过来睡客房陪小汤玛士，而早上起床，李君娟一定已经在厨房挤柳橙汁煎荷包蛋，用各种小动物模型做鸡蛋糕。

当然那些肥皂剧会出现的情节也出现了。

汤玛士读幼儿园中班时，终于遇到班上的大坏蛋，问："你有爸爸吗？"他哭着回来告状。李君娟把他抱到沙发上，问："那个同学有没有外公外婆呢？"汤玛士点头说："一定有！"妈咪再问："那他有没有舅舅舅妈呢？"小宝贝开始有点不确定，但还是点头："有！""那他有大姊姊小姊姊吗？""可能……应该有。""那他的大姊姊小姊姊是双胞胎吗？"五岁小男生嘟着嘴，双手交叠胸前，说："这我就不知道了。"

李君娟妈咪说："下次他问你有没有爸爸时，你就这样一个个问他，问到他说没有为止。"全家被惹得哈哈大笑，那阵子一家老小都很爱用

“这我就不知道了”当哏[1]。李君娟觉得她已不需要更多。四十岁女人，事业有成，阖家平安，已功德圆满。

于是，生命中第三颗受精卵又意外着床在子宫里时，她想都不用想，去妇产科，验孕，超音波确认，同意书一签，药丸一吞。两天后请半天假，复诊，再吞第二剂药丸，垫好夜用型卫生棉，然后躺在私人病房里，一边打营养针点滴，一边等着“妊娠囊”（医师是这样讲）排出。

半小时后，她开始感觉有东西流出来，起身进厕所去，脱下裤子，看着白色棉垫上，那不同于生理期也不同于产后出血的黑红色凝固果冻体，她叫了出来，喔，天啊，锺明芳！

锺明芳是她小学最要好的同学，小一到小六都同班，小六时还一起分享了暗恋和初经。锺明芳比李君娟早熟漂亮，小六就有初中生拿情书给她。上初中能力分班，李君娟被分到前段班，锺明芳在普通班。在李君娟还中分着西瓜皮头发，老实夹两根黑发夹时，锺明芳已经旁分，其中一边的刘海盖住眼睛，蓝色百褶裙往上折两折。她们渐渐疏远。

国二时，李君娟有天下课在女厕排队排了很久，里面那人就是不出来。乡下初中的厕所永远都只有一间能用，其他不是粪便堆得高高，就是盖个垃圾桶插根扫把写故障。上课铃已响，她急死了，终于，门开了，

① 哏：形容好笑的人或事，“梗”是其讹用。

出来的，是锺明芳。锺明芳看了她一眼，李君娟只想赶快冲进去小便，没来得及跟她打招呼。

门一扣，裤子一脱，蹲下来之后，她才看到蹲式马桶里浮着满满的、形状大大小小的仙草，她想，锺明芳干吗把一袋仙草冰带进来厕所倒掉呢？她一边让胀满的膀胱尽情宣泄，一边张望垃圾桶里是不是有仙草冰的塑料袋。起身拉冲水的绳子，没反应，这很正常，有水才是奇迹。她穿好裤子低头一看，叫了出来，那些仙草被她的尿液喷射过之后，周围全渗出了血水。现在是一缸洛神花仙草了。李君娟自己生理期来时也看过血块，但从没那么黑那么多，她想，锺明芳好可怜，她那个来肚子一定痛死了。

过了不久，学校爆发了丑闻。一个实习男老师半夜带锺明芳去隔壁镇上的旅馆开房间，锺明芳她爸骑着摩托车一路尾随，逮个正着。事情闹到上报，男老师被调校，但小地方总蜚短流长，锺明芳一家后来也搬家了。

现在，李君娟在这干净明亮得一根毛发都没有的单人病房厕所里，一边换着棉垫，一边想，原来她三十年前曾在污秽恶臭的女厕对着好姊妹排出的小孩撒尿。她四十二岁，生过两个小孩了，但锺明芳三十年前就懂的事，她到今天才懂。

她回家，炖了一大锅西红柿牛肉，全家吃得开心。那几天她乖得很，不但没约会，还提早下班。她妈大概可以猜得出来，应该是那个来了，她也就让她这么以为。连着几晚把小汤玛士哄上床后，还陪她妈一起看韩剧。她尽量装成随意聊天，问："妈，你还记得我小学同学锺明芳吗？"

"记得啊。去年她阿公的告别式我有去，有看到她，两个小孩好像都念初中了。"妈妈忍不住八卦，"呴，她真的后来就跟那个老师结婚耶。"

"哈！"李君娟感觉心脏被击了一下，叫得好大声。她没想到世事也有这种版本，"真的啊……好棒……"她抚着左胸喃喃赞叹。（我还以为她后来会很惨，李君娟忍着这句没说出口。二十三岁跑到美国当乳牛，三十三岁在妇产科大哭，四十二岁才知道仙草冰是什么，你比较惨吧前段班的好学生。她突然无限哀怜起自己。）

"棒什么棒，那时候闹那么大。"

"欸，十三岁就遇到命中注定的真命天子耶。好幸福噢。"

李君娟以前像这样一派少女天真地跟妈妈说话时，往往是在打混敷衍（是喔，很好啊），但她这次每个字都是肺腑之言，她是真的好羡慕。

她妈好像看穿她的心事，补了一句："可是她看起来比你老好多。"这是安慰吗？好吧，她接受。

6.

李君娟从没想过稳定关系、长久伴侣。她之前跟流行花钱去看了前世今生水晶球，那神婆告诉她："你好久以前的一段关系没清理干净，所以才会每段感情都无疾而终。”是百大吗？可是那对双方而言都再干净不过了。“多久以前？”“看不出来，也有可能不是这辈子。”

关系、感情。她甚至觉得这些字对她都还太遥远，更遑论爱情、姻缘。她用每天工作要用到的补助、赞助、奖励、投资等字眼对应比较着。其实异曲同工，每一样都在谈条件、求回报。

但不知道是不是锺明芳的故事让李君娟对真命天子突然有了憧憬，所以阿超出现时，她完全无可招架地落入偶像剧模式。女大男小，都市熟女与阳光男孩的偶像剧。当你决定坠入爱河时，会把每个巧合都当作奇妙缘分，把概率当作命运。

阿超是他们小区大楼地下超市的工读生。

圣诞节，汤玛士对圣诞老公公放在袜子里的礼物（又是乐高！）很不满意，一大早就闹脾气。“我从上个月每天睡觉前就一直跟他说，我想要一只很小的、真的、活的猫咪，结果他都没听到！”李君娟当然有听到，但她实在没打算让这个家再多一个生命。她一直是个有求必应的母亲，但她无法不为儿子的鼻过敏设想。

她安慰他：“可能圣诞老公公很忙啊，来不及去帮你找猫咪，我们不是说过吗？如果要养，就要养那些跟妈妈走失的流浪猫对不对？可能麋鹿咻一下跑太快了，就把路上猫咪都吓跑了。”

不好笑。小男生没被取悦到。她接着说：“啊！可能他弄错地址了，送去外婆家，或是大姊姊小姊姊家了！我们赶快去看看！”

她牵着小汤玛士下到小区中庭，准备走往隔壁栋。结果，就那么巧。超市与流浪动物之家办了个“寒冬送暖·爱心认养”活动，在中庭搭了个小雨棚，棚子里有几个铁笼，笼子里好多只两三个月大的小幼猫。小汤玛士开心激动地尖叫:“我就知道他有听到！”眼眶里泛着喜悦的泪光。

他们认养了一只三个月大的橘虎斑。李君娟不是妥协让步宠小孩，而是，这是小汤玛士第一次体验到老天爷听到你的祈愿，并且降下神迹。她不想破坏这种美好愿力，这是他自己与圣诞老公公沟通得来，不是她的功劳，这种神予的快乐不是她能买来的。她希望他长大后可以记得:“我第一次感觉到有神的存在，是在我小学二年级的圣诞节。”

这只是百分之九十五的原因。另外百分之五是，来帮忙的超市工读生，阿超，实在长得太帅了。

但若只是这样，李君娟顶多以后去超市遇到他结账时，亏一下他：“帅哥，我要买一个塑料袋。”过过干瘾，养养眼睛。她很确定，她并没有向老天下订单。然而，三天后，她要去台南两天一夜的研讨会，早班高铁车厢里，坐在她旁边位置的，竟是阿超。他们互相道句“好巧”，“我去台南开会，你呢？”“我家在台南，我要回家。”“回家跨年喔，很乖哩。”到这儿，李君娟差不多应该就要把研讨会资料拿出来看（她有偷偷深呼吸几口，很好，他身上没有汗酸味），然后阿超低头猛滑手机，他们也这么做了。但一分钟后，阿超突然开口：“你……你还好吧？”

“我……我很好啊……你是指我儿子养猫的事吗？”她有点跟不上。

阿超语气成熟沉稳，不像个大男孩：“不是，我两个礼拜前帮你结账，你买了验孕棒……”李君娟眼睛瞪大，捂住嘴巴，没错她那天下班回来，在超市买了牛奶，等结账时前面的阿婆很啰唆一直要换点数什么的，她想到月经已经迟了两个礼拜，看到柜台旁边的美妆区竟然有验孕棒就顺手拿了一个。如果眼前这超市男孩不是个干净帅哥的话，她应该会觉得遇到变态马上换车厢。

“我是一个单亲妈妈，没结过婚。我当然有交朋友的自由，成熟男女会做的事我当然会做，有时候当然有意外，一个成熟的人当然就该去面对它处理它。”她故意用长辈口吻说话，没注意到连续用了四个当然。

“对不起，我没有别的意思，我只是觉得为你心疼。”

李君娟笑了出来，她觉得好像听到汤玛士在对她说“马迷我觉得为你心疼”，好可爱。但阿超的可爱却让她脸红了。“不聊这个了，说说你吧。”

他们就这样聊到台南。知道阿超二十七岁，体育系毕业，当完兵，回来念体育研究所，明年毕业。在超市打工，而不去健身房或运动中心是因为他喜欢观察人们会买什么东西。（李君娟想，那他应该去二十四小时购物网上班才对，她之前和那些露水情人们买来玩的东西会吓死他。）

交过两个女朋友，都是被抛弃，女生都跑去找更老更有钱的男人了。“这很正常。”李君娟依然是长辈语气。“真的吗？可是那样不是有点恶心吗？”

她再度笑了出来，原来她自己过去二十年大部分时候的行为，看在一个大男生眼里是恶心的。比较起眼前这具结实光亮的体育系身体，那些泡在红酒雪茄里的老肉，是，是恶心。

她会在台南住一晚，他们下车前约了在她会议饭局结束一起吃宵夜。南国岁末的夜晚，沁凉怡人，李君娟放心地坐在阿超机车后座，轻轻环抱他。“哇，这就是人鱼线吧！”她大方地摸着腰侧，阿超怕痒扭着身体，停红灯时抓住她的两只手。

最后他们来到成大校园，坐在图书馆前的阶梯上接吻。李君娟先停了，说：“我才刚拿掉小孩……所以还不行……但如果你想要，我可以帮你。”阿超摸着她的头发说：“我不要，要就一起。我等你。”他真的才二十七岁吗？她好吃这套。

他送她回饭店，然后回家。但整晚他们 line 个没完，宝贝亲亲抱抱都来了。李君娟以前绝不会让自己多花一分钟在这上面，若不是正好外宿，她回到家后就关机，完全切到马迷模式。奇缘巧遇啊。

天一亮阿超就来到饭店，李君娟没去开会，他们缠绵了一整个早上，除了进入之外，其他能做的都做了好几轮。

“是不是因为在台南，我们才可以这样？”最后一起泡澡时，阿超问。换李君娟整个心疼起来，摸着他的脸，“在台北当然也可以的。”又一个当然。

当然，她潦下去了。他们很快地建立起居家模式：叔叔、马迷与小汤玛士。周末一起出游，阿超开李君娟的车，李君娟坐前座，汤玛士坐后座。汤玛士睡着了，两位大人就握起手，偶尔拥吻。李君娟终于知道为什么汽车广告都要来这招。或是，下班路上，李君娟打个电话：“亲爱的，先帮我把牛排拿下来退冰呦。”稍晚一家三口共进晚餐。

当然，她妈非常有意见。“你不要儿子被绑架，是你男朋友打来要赎金，你才后悔！”她觉得她妈是“丧尽天良的母亲及其同居人”系列社会新闻看太多。她有多爱汤玛士，她妈永远不会晓得。那是四倍的爱，母兼父职乘以二，没见过面的大儿子的份再乘以二。

她妈有次还打印了网络笑话放在她书桌上：

Q：最有效的避孕药是什么？

A：普拿疼。因为不是拿来吃的，是拿来夹在两个膝盖中间的。

呵哼，是很好笑。但一个母亲原来这样看自己女儿更好笑。撕破脸之后就很好办，你跟这世父母兄弟不亲是正常。她妈不太过来他们家了。她与阿超也就更无后顾之忧地规划起未来：“你毕业要回台南教书，没关系啊，我这边工作可以辞掉，带汤玛士去台南，我在那边私立学校找个商学院教书。”

直到那根阳具钥匙圈直愣愣出现，李君娟才被打醒：阿超真的是真命天子吗？母亲的苦口婆心不如一根巴厘岛大。

7.

听说这世界是由念头构成，无数个看不到的意念抛到空中相会交织，构成了事件，导出了结果。

“跟阿超还是慢慢来吧”这个念头才一升起，李君娟当天下午就收到了百大的信。她在大学兼课，google 就找得到 email，这并不难。

主旨正经八百得很：“孙一鸣来信”。

（没有称呼）

展信平安。从网络讯息得知你工作顺遂，为你高兴。冒昧来信，是有一不情之请。内人五年前罹患乳癌末期，三年前我将公司移交给舍弟，全家赴美。内人于上个月过世。在她意识清晰时，主动与我讨论，应该让小孩知道你的存在，否则她将抱憾死去。小孩知情后，希望与你见面。七月底我带他回台停留两周，不知可否有机会碰面？知道你工作繁忙，也许只是喝个茶。当然，完全尊重你的意愿。

他的中文名叫孙威，英文名字叫 William。今年十九岁，刚高中毕业，申请上大学，很懂事，喜爱文艺。随信附上他各阶段成长照片。

敬祝 顺心

孙一鸣 谨

李君娟不敢开附加档。她的眼睛被四个字扎得泪流不止，那是：抱憾死去。她是在为这位不但没见过面、还曾经恨过的内人哭泣吗？是因为曾经深深伤害一个大学刚毕业的小女生所以得乳癌吗？那为什么不是百大？她还没想过“死”这件事，她那七十岁还可以爬富士山的父亲，从没让她想过这件事，更别说嘴巴和身体都还很健壮的六十五岁母亲。但远方，有个跟她母亲同样年纪的妇人过世了，留着一个遗愿。

他们约在百大和威廉下榻饭店的一楼咖啡厅。

李君娟到的时候，只有百大一个人在位置上，桌上摆了一套三层英式下午茶。他老了好多。从百大看她的眼神，想必也在想着同样的事。“你都没变”这句老情人重逢的经典台词两个人根本都说不出来。二十年耶，没变太难了。

“他呢？”李君娟坐下来后第一句话。跟百大在一起，好像她又可以回到那个讲话没头没尾眨着大眼的慧黠小女生。

“我想跟你先聊一下，再叫他下来。”百大那周围满布皱纹的眼睛，发散出来的光芒仍有温度。

正好服务生过来，李君娟垂下头，看着菜单，要了有机玛黛茶。

李君娟忽闪过一个画面，一帧全家福：六十二岁的老爹、四十二岁的马迷、十九岁的哥哥与九岁的弟弟。（阿超呢？路人吗？）先聊一下是要聊这个吗？她已经学会断尾求生，开口问：“你现在有伴吗？”

“有。有个朋友，这两年一直陪着我。”李君娟不掩饰她的落寞。身体却被一股电流窜过，对，以百大在床上的卖力程度，应该不会允许这部分的空缺。百大似乎也不知道跟她聊什么，只是一直温蔼深情看着她。

“叫他下来吧。我想赶快看看他。”

“看过照片了吗？”

李君娟摇摇头，故意找个幽默的说法：“图片不准，我想直接面交验货。”

威廉走进来时，李君娟真的像见外国客户一样站了起来，害百大老爹也不敢坐着，他们三人客套地站在这钢琴现场演奏的高级咖啡厅里，威廉像是自己彩排过，伸出手，与李君娟相握，说：“娟姊你好。”三个人才又坐下。

李君娟笑了，说:“太好了，我本来还在烦恼要让你怎么叫我。”“叫妈妈你敢听吗？”她大笑起来，太优秀了，小威廉。聪明、幽默、得体。

威廉穿着好朴素的白色T恤与牛仔裤，身上没有一点住在美国富三代青少年的花哨。（例如现在暑假在路上会看到成群结队的那些）人家说外甥会像舅舅，他真的长得好像她弟弟年轻时候。寒暄完，来到沉默的空档。李君娟拿出手机，很自然地说：“给你看看我儿子。”“你结婚了喔？”“没有呀，谁说结婚才能生小孩？”“酷！”

她卷动着小汤玛士从小到大的照片，“哇靠！跟我好像哦！”威廉跟娟姊好快就热络起来。百大完全被晾在一旁了。威廉也拿出手机给她看学校活动的照片、他这几天跟初中同学去的餐厅、他计划要去看的展览等等。李君娟正好跟文创沾边，说有几个展览和表演的公关票，明天就请快递送来饭店给他。威廉说他想写作，（百大插话："他小学、初中在台湾都拿过征文比赛第一名。"）但他只想用中文写，如果不是妈妈生病，他本来想回台湾考大学，他现在还想试试看能不能大二就转学回来。"好啊，回来了随时来找我。"李君娟说。

他们交换了手机号码（可以 line 和 WhatsApp），成了脸书朋友。

是一场很开心的会面。她真喜欢威廉。一个十九岁小孩，在母亲癌末病榻旁知道自己非她亲生，两个月后与生母碰到面，竟然表现得如此自然沉稳。她花了一点工夫，才把这些关掉，让自己回到小汤玛士和阿超那个家。

两天后，她收到威廉传来的 line。他想与她单独碰面。她带他去了大稻埕老房子改成的茶馆，要了隐蔽的位置。威廉戴着墨镜，坐定后，他把墨镜拿下。她吓了一跳，上次见到的大男生，竟然哭得双眼红肿。她忍不住握着他的手："怎么了？"（她压着"跟马麻说"四字没说出口。）

"他们真的很坏！"

"谁？"

威廉眼泪又流下来："你知道吗？他们原本竟然跟我说，你是代理孕母。”

李君娟心里一寒，还、在、骗。（原来先聊一下是要先串供，是看到我又不忍心了吗？）

“我本来还想，这真是太酷了，我竟然是代理孕母生的！这可以写小说了……可是见到你，我就知道一定不是……我跟我爸大吵一架，我说如果他不跟我说，我就要跑来问你，他才跟我说实话。”

对，真坏。真的太坏了。（这样伤害有比较小吗？或是母亲蔡丽真想保住尊严，我不是个连卵子都没有的马麻呦。这样她可以接受。）她从威廉对面位置站起来，换到他旁边椅子，拍着他的背，她可以名正言顺与儿子一起咒骂这对拆散他们母子的夫妻，但她只是平静地、用母亲口吻对威廉说：“不可以说自己的父母坏。”

“他们……他们只是我身份证上的父母。”

“但他们至少给你健全的家啊。你知道吗？汤玛士一辈子户口簿和身份证上的父亲栏都是空白的耶。”

她只是想安慰威廉，没有诉苦的意思。但话一说出口，空气中竟有些酸楚了。

“但他现在有一个哥哥了。”威廉笃定地看着母亲。

“对。”李君娟的声音哽咽了。

“我可以给他靠。”

“好。”她坚强地发出一个音，把额头靠在威廉肩膀上，直到确定泪水不会流下来才抬头。

送威廉回去之后，李君娟突然清晰地感觉到“责任”两字。原本有个带在身边的小二儿子，还觉得自己是个自由自在俏妈咪，现在多了个要上大学的儿子，她应该再更有母亲的样子一点。例如说，她应该认真找律师立个遗嘱，以防天有不测。

离开美国前，她用百大给的钱买了一户房子。她买的时候就想好了，这是给那个小孩的。我不带走。

8.

百大和威廉在父亲节前两天离开。李君娟本来想大方一点，请他们吃饭，当作过父亲节，但太矫情了，再说他们并没有主动提起。威廉在机场传了讯息告别，用英文说保持联络，希望很快相见。李君娟回他很多爱心和唇印。

而她自己父亲节可有重头戏。她帮一家三口报名了在北海岸的露营大会，下午报到后领取野外求生器材，全家住帐篷，用柴火煮饭，共度无水无电的一夜。隔天上午有一大堆设计给小孩玩的寻宝闯关游戏，会有大哥哥大姊姊带领，把拔马麻可以去听如何增进夫妻情感的演讲，或是直接去泡温泉增进情感。傍晚，所有家庭一同欢庆重生团聚，在摇滚乐中热舞拥抱，最后在海滩烤肉放烟火。

往北海岸的路上，李君娟非常确定自己一如往常，同时照顾着后座的汤玛士，和身边开着车的阿超。她记得看到海时，还在阿超脸颊送上一记湿吻。

她接着转头和小汤玛士讨论着活动手册上的寻宝图，不到一分钟，她感觉车子在往山壁偏倚，她回过身，叫了两声，来不及。下一个千分之一秒，砰！整个车头凹进山壁里。

她被吓到了，更别说汤玛士。她看着阿超大梦初醒样，惊吓、困惑、不解、愤怒、泄气，全交杂在一起。为什么会开车开到睡着？你不是老把“我会好好保护你们”挂在嘴边吗？理性，冷静，这是意外。她对自己说。但汤玛士被吓哭了，她把手伸到后面拍拍他，按下警示灯，一边对阿超说：“你怎么会这样呢？你想睡觉要跟我说啊。”她承认，语气不可能太好。

阿超用手刷了刷脸，她准备下车查看。

“你坐好！”没来由的怒吼。从来没有人这样对她说话。

她这才知道他刷脸不是在提振精神，而是，他准备好，变脸。他开始歇斯底里发表演说。粗暴咆哮，大呼小叫，颠三倒四。

“我这半年来没有一天睡好！你一直在给我压力！我会开车开到睡着都是你造成的！你有车了不起啊！”后面是一连串问候母亲与祖宗的话。

车头保险杆断成三截在山沟里，车子在冒烟，在漏水，不知道会不会爆炸，不知道前面后面会不会有车撞来，不知道山壁上方会不会有松动岩石掉下来，很好，现在又遇到一个疯子。理性，冷静，要保护儿子。但儿子二度惊吓哭得更大声。

“你不要再哭了！”阿超怒骂，狠狠拍了一下方向盘。

后面有一辆小货车停下来，应该是好心人想要帮忙。李君娟开门下车,开后门,把汤玛士牵下车。“把眼泪擦干,好吗？不要怕,马麻在这里。”她紧了紧他的小手。

“哇，自己撞到喔，人都不要紧吧？人没事就好。”小货车司机帮忙看了外观损毁状况，又开引擎盖，“水箱破了哩，这不能再开了。”李君娟说她会打电话叫拖车，大哥谢谢哦。她要汤玛士也跟阿伯说谢谢。

这大约三到五分钟的过程，阿超始终坐在驾驶座上，一个面红耳赤的青少年。待货车开走，他才下车，情绪似乎平静了些。

你过去做的事情有一天都会找上你。无论好坏。李君娟对自己说，不要再错下去了，立马斩断。“你身上有钱吗？”她问阿超。他摇摇头。她从钱包拿出三千元，递给他：“你自己想办法回去，往前走一点就有店家，应该可以帮忙叫车。”

她判断正确。（他没有把钱撒向海风中，我不要你的臭钱！）他乖乖地收下了，收好自己的背包，往前走。

她打电话叫了金卡顶级道路救援，拖吊车来拖走事故车，合作的租车公司送来一辆崭新的车子，“人生总有意外，让您畅行无阻”。第二通电话，向露营主办单位取消。

李君娟开着车和小汤玛士重新上路时，天色已经慢慢黑了。她伸手搔他的肚子，“我们等一下去基隆庙口吃东西好不好？”

“你专心开车啦！”小大人仍噘着嘴巴。

李君娟忍着笑，心里涌上温暖。是那一撞，撞出了阿超真正的想法，或者他是颗草莓，胡说八道推卸过错，她不管。该庆幸他没有撞上对向砂石车，也没有冲下悬崖。她想，回去以后，就把门锁换掉，手机门号换掉，甚至搬家。她只是觉得愧疚，对汤玛士。

“我好讨厌叔叔！”小孩终于发泄出来。

“他今天是做错事了。但你要想，他之前教你踢足球、游泳，还帮你清猫砂啊。”

“好吧，我可以不讨厌他，但我也永远不要再见到他，你也不要，好不好？”

“好。”李君娟抿紧嘴唇：是怎样，儿子都这么会催泪吗？

滨海公路上，她看到前方有个光亮的招牌，是便利商店。

“李一念先生，我可以送你一个礼物吗？”

“是什么?!”汤玛士终于眼睛发亮，脸颊因嘴角上扬而圆鼓鼓。

李君娟把车停下，“我要请你吃冰淇淋。”

小孩开心地冲下了车，站在冰柜前兴奋挑选。“什么口味的都可以吗？贵一点的也可以吗？”马迷点头，“我的也给你选。”

便利商店里，有准备夜游的大学生机车队，叽叽喳喳狂购零食。有小情侣，卿卿我我，像是讨论着要去哪过夜。

她看着汤玛士圆圆小小的背影，仿佛时间静止了，而她感到无限充盈。

这种感觉，在她之前四十二年生命里，也有过绝无仅有的一次。她和百大住在赌城那几天，每天睡前，百大会告诉她："醒了没看到我，就下来赌场找我。"早上，她换上最美丽的洋装，坐电梯下楼，在黑杰克赌桌区找到他，然后，看着那背影，直直地走过去。各国赌客来来去去，火辣女服务生高举托盘婀娜而过，吃角子老虎机音效此起彼落。在最如幻影的场景里，她却晓得，他不会消失。每天她都尝试着走得更慢更慢一点，更轻更轻一点，用最最不惊扰的方式，靠向他的身体。"嘿，起床啦？"他会温柔地说，把咖啡递给她。

汤玛士挑好了，把两根棒冰举高，用询问的眼神，看着妈妈。李君娟点点头，表示都好。只要跟你在一起什么都好。她把钞票递给儿子，看着他排队结账。嘿，李一念小朋友，我真正要给你的，是另一样礼物，但那等你长大一点再说好了。

就在威廉单独见她过后两天。她和百大，其实也私下又见了一面。不，不是开房间，他们连手都没碰到。

百大打电话给她，说有个提议，但完全尊重她意愿。他愿意成为小汤玛士父亲栏上的名字，"不管怎样，对小孩来说，还是不要空白的好。"李君娟答应了。

他们直接约在户政事务所。办好手续，走出来时，李君娟很诚恳地跟他说："谢谢你。"

"不要谢我，是威廉希望我这么做。我一直不知道该跟你说谢谢，还是对不起。"老绅士百大带着轻轻的笑，说："我用威廉讲的话好了，出门前，他请我跟你说……"

突然的停顿，让两人不经意地四目相对。眼神平和清澈，没有怨怼，没有条件。

"他说，谢谢你把他生下来。"

李君娟和小汤玛士母子两人对着大海，一人拿着一根裹着脆皮巧克力的棒冰，吹着舒爽的海风。汤玛士甜甜地笑着，说："我现在有感觉幸福了。"

"是大海，还是棒冰，还是马迷让你感觉幸福呢？"

"你自己知道答案！"

李君娟忍不住仰天大笑。

她伸手紧紧揽着小汤玛士的肩膀，看着远方蓝黑色的海平面，说："只要跟你在一起，我都很幸福哦。"

搞不定

/

老 K 讲每个女人的故事，
最后一段第一句的开头都是
“我最后一次看到她”。
但是，人生还没到尽头，
怎么知道哪一次叫作最后一次呢？
老 K 说最后一次的意思就是，
在最后一次的下一次再碰到这个人，
她已经是陌生人了。

1. 老 K 回来了

老 K 回来了。他说，我给你采访。

于是，我在采光过剩的咖啡馆吸烟区，与他面对面而坐，我面对他背光的脸，他面前是一杯柠檬汁。

通常我采访的时候都会这样，先注意对方点了什么饮料，加多少糖。有时候，如果那人看起来满有品位的话，我会假装笔盖掉了，弯腰去看人家鞋子的牌子和袜子的颜色。

我惯常使用的采访笔记本慢慢被我惯常潦草的笔迹填满时，我还是不明白许多年前的夏天在我家拍桌子摔书本叫我去死的人，何以现在比起我采访过的每个人都还要肃穆庄严，清晰地告诉我，他的爱情故事。

老 K 说 :“一个人能主动告诉别人自己的故事，代表这个人过去生命一定有做错一些什么事，说的过程是一种忏悔。我想它有被记录的价值也是在于这些犯过的错。”

一字无误记下这段超完美自白，我仍不禁想起他在我家拍桌子摔书本叫我去死，我在这段话旁轻轻写上个屁字，圈起来。

但总之，总之他回来了。要求一名写小说的前女友采访他。

一九八三年在纽约。和好多港仔租一层楼，布帘拉上就可以和当时的女人做爱和煮粥。两个人都在中国餐馆打工，回家都一身宫保鸡丁味。那个女人最爱吃肯德基的皮，对于她他只能记这么多。他脸上有愧疚。

一九八九年份的情人在他回岛又要出岛时在机场很大声地唱张信哲的爱你爱我爱你爱我我们爱这个错，唱到他出境。只听过那么一次到现在他都还记得怎么唱。是一个有外省姓的女子。外边出大事那天他们并躺在床上，做了女孩的第一次。

一九九五年他父亲过世回到浙江农村。天干物燥，使得他跟远房表嫂搞了几回。出殡时长子要坐轿，他前一夜搞太久体力不支，从轿里摔了出来，捧着神主牌位在黄泥巴路上滚了几圈，送葬人群吓得四处跑。

很多事都是他以前跟我说过的，有些人名还是我帮忙想起来的。

最后我们一起做了年表。名为老 K 女人按年份排序之一览表。若当年台湾乃至世界局势正好有什么大事，一并注记。

他把每个女人的名字连名带姓告诉我，我也打算在小说里就这么用，而不用 ABJXZ 等代号，一方面基于纪实，还有另一原因是，嘿，二十六个英文字母，还真的，不够用咧。

在老 K 仔细端详这张表格时，我问了第一个问题。

我问，老 K 为什么每个女人都会离开你？

老 K 说，就，搞不定了。

2. 老 K 的星期一早上

老 K 在星期一早上起床，很想找个人来搞，疑惑她她她昨天晚上怎么没打电话来。从博物馆志工或医学院女学生开始打，没人接或语音信箱，就打下一通，绝不拨同一号码第二次绝不留言。约好一个白天正好没课或轮休的年轻女生，然后说我在忙琐碎的事过来帮我好吗？当然彼此都知道，行程的大部分是搞，然后才是令人期待的约会。敲定之后他开始收拾房子，把一些证据抹去，像是女人送的刮胡水再收回柜子，一些贴心的纸条也赶紧揉掉丢入藤编垃圾桶。正在收拾电话响起，原来是刚刚拨的一些正好没接到的人回电了。已经敲定了他就不会更改，他认为这是礼貌，对人的基本尊重。老 K 一样说我正在忙琐碎的工作啊，没有说来帮我好吗，纯情又勇敢的女孩问了，要不要我帮你，他说不要了不要了，你忙吧我再打给你。

行程有长有短，大致是两天一夜。第二天白天天气好心情好就出去走走，但吃完晚餐就各自回家。

老 K 觉得自己一视同仁，说过的话，再对不同人说一遍，笑话也是，承诺也是。有些自己离开的人让他觉得深刻，就变成一个故事对下一个人说。她们都很聪明，不会问东问西，他觉得每一个他都爱，所以并没有特别对不起谁，从来不需要觉得亏欠或愧疚。有些离开就不再回来的人，他也毫不留恋，他知道她是跑去爱别人刚好别人也爱她了，但有时看完一部电影或一本书的时候，还是打个电话给她。若她也刚好脆弱，他们就还有无限可能，而且彼此都很清楚明白，更不会有牵牵扯扯。

如果来了，她穿一件他不喜欢的紧身衣或蕾丝内裤（更多讯息，详见老 K 的嗜好与品位一节），他也不会草草打发她走，他觉得他自己充满人道关怀，顶多没有第二次。他说一次只能一个，他调节得很好，他希望他的女孩们都能愈来愈明白，不要吵不要闹，这样的话，他就会好好爱她，很久很久。

3. 叶书的葡萄柚

叶书走了。

老 K 看着一张桌子发呆。那是老 K 家的餐桌。

这时是清晨五点钟，老 K 起来小便。他走到厕所，出来，再进房间，叶书已经不在床上。他走回厕所，开灯，叶书已经把镜台上的保养品收得一罐不剩。他再走回房间，打开衣橱，叶书的衣服果然也一件不留。他想，叶书不可能趁他刚刚睡觉时打包好这些东西，想来是筹划多时，也许旅行箱老早大剌剌摆出来了，而老 K 浑然不觉。

老 K 躺回床上，想起昨天晚上叶书回来，把一袋葡萄柚摆在餐桌上。

老 K 起来，看着餐桌发呆。

葡萄柚一共有六颗，他像练习投篮一样，把五颗葡萄柚一颗一颗投进垃圾桶里。留下一颗，放进冷冻库。这，已经是十多年前的故事。

叶书是和老 K 住在一个屋檐下最久的女人。至于老 K 做了什么王八蛋事，让叶书用葡萄柚来告别，后面会再讲到。

这边的重点是，每个和老 K 睡过几次的女孩子，老 K 就跟她们说这个葡萄柚的故事。睡过几次大概差不多也发展到两人会手牵手下楼到超商买一盒雪糕回家的阶段,而女孩子对老 K 家的熟悉度与使用自由度，也到了可自行开关冰箱。

女孩把雪糕放进冷冻库，当然会礼貌性地窥探一下这个男人的生活痕迹，很容易就在只有两包冷冻水饺的冷冻库里发现这颗冷冻葡萄柚。

老 K 顺势说了这个葡萄柚的故事。他换冰箱，叶书的葡萄柚就跟着他换到新的冷冻库，积霜覆雪，越来越干，变成一个情感的化石。老 K 说，这个葡萄柚化石提醒着他，他曾经深深伤害一个女人。

女孩听了都要揪心肝，想着天地洪荒有朝一日情感不再，这个男人会不会也为我冰上一颗葡萄柚或橙子，来见证我们曾经爱得轰轰烈烈呢?

每次通过葡萄柚这一关，老 K 耳边都会响起超级玛利吃了金币的叮叮声。老 K 在女孩心目中就像添了两千分金币。女孩们开始相信，老 K 是某种变种人类，这种人生来容易伤害别人，他们无能为力，但在他们心中，永远藏着深深深深的忏悔。这种人可以简称为懂得忏悔的猪八戒，或者，怀有罪恶感的大烂咖。但老K的女孩们此时爱冲昏头，并不这么想。待有一日神志清醒，提到老K，便可直接省略形容词句子，破口大骂猪八戒，或者，大烂咖。

但也有一类女孩，一开始就清明得不得了，来到葡萄柚这关，冷冷地说："伤害都伤害了，这样做有什么用呢？我看这个葡萄柚是你的把妹工具吧！"（详见"再生能力很强的杜莎"一节）

这类女子，老K相信她们也是某种变种人类，但老K给她们的称谓就简单多了，一律称为：难搞。

4. 宋长安并不是凶手

宋长安常常希望自己难搞一点。她认为这样自己将不会显得太平庸。但是她唯一的一招，就是一声不吭把自己反锁在浴室里，然后等老K用硬币把门打开，这时老K会对她说："长安啊你又在cranky了。"

Cranky，只是闹情绪闹别扭，并不等于难搞。而且宋长安很爱哭，光是这点就输了。输给谁？对宋长安而言，她的对手就是叶书。但叶书的离开，宋长安并不是凶手。因为，简单嘛，两相较量，宋长安在老K心目中的重量，远不如叶书。她们是老K同时来往的女孩，不一样的是，叶书早已坐稳同居女友的宝座，宋长安明显是个甜点。

老K说，宋长安不难搞，是因为她还懂得慈悲。当然这边的慈悲是很浮面的。例如叶书的老爸重病住院那段时间，宋长安因此获得在老K家的过夜权。到了晚上，当老K与叶书电话热线，宋长安连打个喷嚏都躲到浴室。

有天晚上老K与叶书实在讲太久了。叶书硬是要老K帮她找某一本书里面的某一段话，念给她听。这是女友的特权，找东西只使用关键词。默契大考验。男友老K就必须像个繁忙的搜寻引擎在家里找起来，轨迹所及，都提醒着宋长安，这是他们的共同生活空间。显然默契不足，老K把无线电话夹在肩颈之间，在书房、客厅、卧房走来走去，移动范围越来越大把宋长安越逼越远，最后她赌气，干脆再把自己锁进浴室里。

宋长安穿着裤子坐在马桶上，听老K在门外念书。结果老K挂上电话后，只是到浴室门口敲两下，问一句你好了没有我尿很急。宋长安只好出来了。老K接着进去撒尿，连一句“你肚子不舒服吗”都没问。宋长安这样一个角色，老实说，还蛮心酸的。

但老K也不是那么粗神经的人，有次在他家突然天冷，他叫宋长安自己去衣橱找件长袖衬衫披着，宋长安久久不出来，老K知道她又在cranky了。她cranky因为她发现老K与叶书的衣服，该挂的该叠的，整整齐齐，分成男生一边，女生一边，若是杂乱地混在一起还不会让宋长安这么难过。这个收纳功能良好的大衣橱展示着他们牢固的生活秩序，牢固的关系。宋长安盯着放内衣裤和袜子的那格抽屉发呆。

老 K 走进房间，用两只手在胸前画着一个正方形，说：“长安啊你也有好大一格在这里啊！”宋长安自动解读为“贴心”。是的，她是很贴心。

在那个还没有手机和电子邮件的年代，贴心举动必须完全手工，迂回许多，也容易被抓包。

东窗事发时，叶书正办完她老爸的丧事，回到她与老 K 的公寓，拖着箱子进大门，开信箱。虽然叶书受过良好的高等教育，但也知道，看到一个飘散着稚气香味，娟秀字体写着收件人是你同居男友的信封，没错，赶快拈拈里头是什么，如果你感觉到，内容物像是一张照片，这时，尊重他人隐私那套可以赶快全部都忘记。

5. 请多陪她娘

常理推判，能够写出这样秀气字体的人，不管用油性笔还是水性笔，在亮面相纸背面写完字，应该都会嘟起嘴使劲吹吹扇扇。但娟秀字体还是晕开了，写着：“请多陪她”。四个长毛的字，像在发抖。

这张名为请多陪她的物证，正面却是老 K 与宋长安两个人头靠头，站在像是大学校园湖边的合照。这点还真的不知该说宋长安是有心机还是有创意。

但是，很奇怪，你偷吃被抓到了，究竟是不忠比较要命，还是侵犯隐私比较严重呢？叶书是个不知压抑为何物有话直说的土象星座人，叶书和老 K 跟所有的固定伴侣一样，连这个问题都跳过去了，直接到了，给我一个解释。

这样的照片，以老K的撒谎功力，要说出一个让叶书信服的解释是不难的。喔这女生是日本来的留学生因为想跟日本的男友分手叫我陪她拍一张这样的照片，助人嘛，她还寄照片来了喔，呵呵真有心啊，还说日本女生比较漂亮，我看她没你一半好看啊。

比这些高招的谎言，以前被用过许多次，每次都顺利蒙混过关。

但这次，行不通。因为，宋长安，是叶书的高中学妹。

叶书直接说："你觉得我在帮你拉皮条吗？"

既然已经无法翻转成为猪八戒的局面，老K干脆猪八戒得彻底一点，对叶书说："我就跟你说我不去你们那个同学会，你就硬要我去，那你不也是共犯吗？"带男友去同学会，等于帮男友拉皮条，这样的话要实证论者叶书相信实在是有点难，但要叶书相信老K会讲出这样的话却挺容易的。

叶书绝望又轻蔑的表情，让老K再猪八戒加三级，说："是长安主动倒贴的！"叶书以老K来不及反应之速度，翻出随身小电话簿，拿了电话，待老K反应过来，已经是叶书对着话筒说："他说你倒贴，你说呢？"

老K抢过电话，背对叶书压低声音说："长安拜托，跟她说没有，什么都没有。"宋长安在电话这头第一次感觉到老K这么卑微，但是她也反应不过来，不知道老K是要她说她没有倒贴还是要说他们之间没有什么。

接着陷入抢电话与拉扯的局面，从声音判断，叶书把桌上东西全挥到地上，因此抢到了电话，宋长安第一次感觉到以冷静理性著称的学姊叶书这么情绪化。

叶书说："喂？"宋长安说："对。对不起。"宋长安急着想补充，第一个对的意思是我紧张到口吃了，并不是说，"对，我倒贴"，但是电话被挂了，传来冷静至让人绝望的嘟嘟嘟声。

嘟嘟嘟声的这边，挂上电话的叶书，对老 K 说："你去多陪她娘吧你。"

6. 老 K 与宋长安的渔村之旅

老 K 原本一直以为，他会不停劈腿，都是因为叶书不够有幽默感。但叶书这句她娘，却让他一整个兴奋了起来，吟咏再三，每次都停在想笑又不敢笑的表面张力上。而撂下这句经典对白的叶书，拖着行李箱下楼，又回她娘的家去了。

老 K 对于接下来该怎么办，心中有谱，而且，胸有成竹。但他还是先开始了捡石头游戏。

宋长安将永远不会知道，老 K 在找她以前，已经打了一轮所有女人的电话。得到的结果是，没有人，想接收老 K 这个搞不定的烂摊子。

认定自己闯了大祸哭成熊猫眼的宋长安，则在电话旁边趴了一天。

起来擤鼻涕的时候会顺便检查一下电话有没有挂好电话线有没有插好。老 K 也将永远不会体会到，这种无声的守候，不但是一种花痴，也是一种慈悲。

现在的他只想找块浮木。

找到宋长安，老 K 带着她坐上国光号，往东北角的渔村去，住在湿气逼人的阴郁旅馆。一路上，老 K 说了很多，宋长安对他而言多么多么重要的话，宋长安却不敢问，那请问我晋位了吗?

宋长安对老 K 来说到底是什么呢? 有个通俗易懂的名词叫备胎，听起来是很不堪。但，事实上，就是如此。

渔村的晚上，两个人躺在床上。老 K 的一堆屁话已经进行到讨论生小孩的阶段，宋长安沉浸在小妇人的喜悦中。接着，老 K 轻轻抽出宋长安枕得正安稳的那条手臂，说 :“我饿了，下去买一下东西，你留在这里。”宋长安虽然单纯，但不至于白目，她知道老 K 想独处就让他独处，不然是找麻烦。一旦找麻烦，前面讲的那些未来都会幻灭。

宋长安自己一个人在房间里吸着发霉的空气，尽量把它美化成是一团团幸福的空气，正向她包围过来。如果那时已经流行芳香精油，宋长安大概会从包包里拿出一条薰衣草或天竺葵乳液，轻缓地在手部足部肩颈部按摩，以呼应她此刻心境。

宋长安想，果然备取有一天会变正取。这是老 K 那时最常跟她说的话。宋长安当时正在考研究所，从北考到南，每一所都是备取。不知道这跟备胎的宿命有没有关系。每当最后结果是没有备上，老 K 就会安慰她："长安啊，不要紧，备取有一天会变正取。"

宋长安等着时间过去，等着幸福未来找上她。她问自己，如果老 K 要的是另一种结局呢？她的答案是，如果老 K 买了农药上来她都会喝。然而时间实在已经过太久了，久到宋长安怀疑老 K 自己买了农药在楼下喝掉了。她决定带上钥匙，下楼去。

踏出旅馆门口，海风刺骨，细雨斜飞，一盏路灯都没有，滨海路上砂石车飞速驶过。宋长安看到斜对面有家要开不开，要关不关的杂货店，判断老 K 应该往那里走。慢慢走近，一整个毛骨悚然起来。她听到凄厉的哭声，吓人的是，那哭明明就是假哭。看看周遭，并没有任何丧家，宋长安从脚板一直抖上来，两排牙齿格格作响，发抖的原因是，她发现哭声的来源了，是坐在脏兮兮的骑楼地上的老 K。

更吓人的是，这哭声连着老 K，而老 K 的手连着一个话筒，话筒连着一条电话线，电话线连着墙上一具脏兮兮的投币式公用电话。老 K 正在对着话筒假哭，稀稀糊糊的声音仍可辨别，是："书书马麻，我好想你，哇哇哇，你不要离开我，你原谅我，哇哇哇。"

好一个书书"马麻"。宋长安从没想过老 K 还有这招。但这只是第一痛。她站着，与老 K 距离五步之遥，无法动弹，无法出声，脸上帮老 K 爬满他的哭声该有的泪水量。

下一招，才真的教人痛彻心扉，哀莫大于心死。宋长安恨不得自己站在原地马上死掉。那是，老K发现宋长安了，他一面继续对着话筒假哭，一面伸出没有拿着话筒的那只手，凶恶粗鲁地快速挥动，要宋长安快走。表情龇牙咧嘴。

宋长安知道自己不甘心这么容易就走掉，她下意识竟想要拿块石头往老K砸。而这时，第三痛来了。她四下张望找石头时，发现老K屁股旁边有包营养口粮。这包扎实的零食显然是老K准备好的道具，等下上楼装作没事，连脸都不用抹一下，只消对宋长安说，哎呀我为了买包饼干走了好远。

但这第三痛并非完全是折磨，宋长安痛到整个人清明起来，破解了老K所有谎言。

我突然临时肚子痛今天别见面了→是突然临时碰到一个辣妹。我妈生病了→是我要去另一个约会。我去研讨会两个礼拜不能联络→是我出国逍遥去了。

老K的假哭声渐歇，像是与书书马麻达成了某种你好我也好的协议，正准备签字画押。宋长安突然五步并两步，冲上前去，像要逮住证据般，抓了地上的营养口粮转身就跑，穿过马路。

马路中间突然杀出一辆飞快的砂石车，鸣了一长声吓死人不偿命的喇叭，闪了好几下不留情的远光灯。那时全台各地的砂石车们，对于交通意外的最高处理原则都是，撞死为止。

自然，没有，尖锐的刹车声。砂石车光速般划过，老K眼前，一片光白。

待四周恢复静寂，他才看见，宋长安，已经在马路对面了。在那千分之一秒，抓着营养口粮的宋长安，像获得了神力，透明穿过砂石车。

经历了生死一瞬的两人，现在隔着一条滨海公路，并没有油然生起什么生死契阔之感。宋长安可以看见，老 K 继续若无其事讲电话。如果真有残剩的神力，她真想让马路从中间断成两半。

宋长安上楼，唯一一招，把自己锁进浴室。这个浴室没有老 K 家的一半宽敞明亮，好几代拼起来的马赛克地砖卡着好几代深深浅浅的黑霉，马桶、浴缸、镜台、洗手台也历经好几代翻修，颜色都不一样。但宋长安一点也不在意，她甚至打开了营养口粮，吃将起来。

宋长安那吃法也不是吃，而是塞，要把自己噎死的塞法，她一片接一片，从胃、食道、到喉头都塞满了，她还继续塞，继续咀嚼，那咀嚼法也不是咀嚼，而是像要把口腔表皮整个刮下来，把舌头嚼烂。而她还抽抽搭搭地在哭，眼泪鼻涕一起塞进嘴巴里。

等到老 K 用硬币转开门的时候，宋长安便呕出了一堆稀稀烂烂的土黄色口粮泥。

他们回城。没有再说一句话。

宋长安回到家就接到备取通知，南部的一所野鸡大学。她没什么犹豫地去念了。她一方面觉得这是上天给她的福报，一方面心知肚明，那阵子跟老 K 鬼混，都在忙着躲厕所和等电话，根本没念到什么书。

能蒙上个学校，也算，好运啦。

7. 后叶书时代

之后有很长一段时间，老 K 安分守己，与叶书和平相处。具体事迹包括，一滴酒都不能喝的老 K 常常下厨，供叶书小酌，他自己会捧杯可乐做伴。他们还做了许多情侣会做、但他们一直以来很嗤之以鼻的事。是的，他们去许多风景名胜游玩，并且跟这些著名地标拍合照，例如去京都玩，租了和服和武士服穿上拍纪念照。

安定，总是让人世俗了起来。老 K 慢慢领悟出来，原来他不是不想要定，而是不想要俗。所以，很快，他又蠢蠢欲动了。

但在老 K 欲动还歇时，有天叶书下班回来，跟老 K 说："有个男同事对我还不错。"接着，就有了上述的葡萄柚事件。

老 K 失恋了。

失恋的老 K 会带着烟，好几日胡子不刮，那就是他伤心的最高境界，再痛也没有了。这时候，他感到完全净空的清新美好。他三天两头与这搅和，与那勾搭，家里顿时女人来来去去，络绎不绝。这一来，可以说他好运，说他高招，说他风流倜傥魅力难挡。

但更重要的是，时代前进了。

到了手机年代，只要要到了电话，后面该发生的事情就当当当发生了。

8. 老 K 的生辰八字、外貌与职业

每年有几天，老 K 会收到生日卡或写着生日快乐的手机简讯。

是哪几天老 K 也记不住。总之就是和一个女孩子刚在一起时，问到生日或星座，老 K 会随口说出一个。不要以为这种事很容易，随便说出一个日期，然后马上忘记，这需要一点天赋与勇气。

天赋来自对一切无挂无碍。勇气则来自，他要有把握，女孩子不会一开始就要他出示身份证。如果真遇到这种，那就只有拉倒。老 K 也遇到过一次。聊到可以进宾馆了，柜台登记时，女孩冷不防抓了身份证过来看，马上大叫骗子。老 K 摸摸鼻子，走出宾馆，与女孩背对背分开，永远不再见面。

老 K 日后可以哈哈大笑讲这个经验，靠的，仍是天赋与勇气。

让他变成骗子的，不是生日，而是年龄。老 K 通常会谎报小个十岁。老 K 的外貌，其实平凡无奇，除了看起来的确可以拿来说谎而不致很快被拆穿。通常女孩子会买单，顶多加上一句，你看起来比较老成。

老 K 的职业，在此不必多说。老 K 自有名言，“反正我不管做什么都是为了把妹。”那么，什么职业最容易把到妹？

我们可以说，老 K 不是毕加索或克里姆特，恐怕不能要女的来家里画人体模特儿，顺便睡一下。

但其实，好像也差不多。

9. 图书馆的天真小季

老K有过很多个小季。小季是一个集合。里面包括小芳小美小玲小云等，也涵盖Mary、Helen、Susan等。小季，女大学生，青春无敌，租居在外。她们和老K相遇的地点大部分是图书馆。

小季让老K心动的不只是青春，而是，两人渐渐熟了之后，小季可能会邀请他到在学校附近的顶楼加盖分租雅房。老K跟着小季一起爬上对他年纪来说已经有点负担的五楼楼梯，还在喘气时，看到小季的室友，把门拉开小小一个缝，从缝里看去，地上有一台电磁炉，上面一只单柄小锅，正噼啪噼啪地滚着泡面。这样的配备，小季房里也有一套。

这一幕，不知为何，就让老K心软。

小季青春无邪，爱环着老K的脖子叫他坏人，噘着嘴说，你是坏人。在小季的学校里散步，小季一定要手牵手，荡得高高。有次他们在操场走了一圈又一圈，越走越快，两个人手牵手奔跑起来，一边大声地笑。

小季常抱一大摞图书馆的书在看，一边噘嘴抱怨说好讨厌哪本已经预约又被借走了。老K就会拿钱给小季，告诉她，从今以后，你想看书就用买的。老K也搞不清楚小季是不是真的这么天真，只是和她一起跑步真的蛮快乐的。

最后的收场是，小季怀了孕，她说她已经叫念隔壁系的前男友陪她去打掉了。老K没有问为什么，也许小季自己觉得叫老K陪她去太像乱伦。老 K 给了她钱，小季没有犹豫拿了，没有再出现。

10. 再生能力很强的杜莎

杜莎的出场与警察有关。

杜莎在书店前面摆饰品小摊，那时还叫路边摊，还没叫创意市集。

老 K 带某一个小季去逛书店，顺便故作浪漫，教小季体察都市风景。老 K 比着一排路边摊，告诉小季，啊他们多像美丽的流浪者。小季一眼看上杜莎皮箱上的一条发带。杜莎说，这是从印度带回来的超弹力发带，上面的每个图腾都象征着印度当地人的信仰。老 K 在心里想，啊我的菜。

杜莎为了证明发带的弹性，要小季拉一头，她自己拉一头，两个人都往后退，发带真的坚韧无比，越拉越远。就像此时老 K 的心已经越飘越远。

这时有人喊："警察！"杜莎松手，阖上皮箱，一伙人四处窜逃。老 K 跟着杜莎跑。等到警察离去，老 K 小季重逢，摊位纷纷重新就位，老 K 手机里已经有杜莎的电话。

一年半载过去。尽管杜莎成功地用她从中亚南亚东南亚各国带回来的工艺品，将老 K 家打造成嬉皮风民族风殖民风，她也无法真正殖民老 K 的心。

有次，杜莎找不到老 K 就自己去了香港，也不购物也不游览，整日呆坐在茶餐厅，就像那些失了业的香港阿叔阿姑一样。老K飞去把杜莎找回来，两人搭了天星小轮在维多利亚港吹风，还上太平山顶看了夜景，一路没有拖手倒也不愠不火。飞回来的飞机老K就骂她自作聪明自以为是，两个人若有天走不下去了，都是因为被她这么搞，杜莎就想，输了，还是输了。

后来，杜莎跟着潮流，觉得自己需要静心治疗，跑到印度去，跟几个老外搞得火热，她才觉得释怀。等到这些异国露水情缘人间蒸发，杜莎不知道为什么还是又上了老K的床，她说不知道自己是已经痊愈，还是有更大的失落在后面。

每次做完和老K分开时，杜莎总有一刻感觉空空的，她会叫自己不要回头，那里已经什么都没有了，不要去找了，她只好把买烟和买保险套的发票贴起来，贴在她琳琅满目的民俗风笔记本上，像是糊住此段生命的一个缺口。

杜莎后来跟老K说，每次她离开时，希望就像用粉笔在黑板上写着：结束了。三个字。然后再像个卖力的值日生，拿板擦很用力很用力地擦掉，到完全看不出痕迹。

可是真实的情况却像是，用留得太长的食指指甲，很用力很用力地在黑板上写着:结束了。三个字。还来不及从那难堪的感觉脱逃,到“了”最后那一勾，指甲断了，断了半截。她紧紧地握住指头，痛了好久，痛到牙齿都软了。后来还痛了好多天。

但是杜莎说，又不是断手断脚，很快就会好的。只要知道会好，就没什么大不了的了。

11. 老K的嗜好与品位

老K把上的女生，从来不是性感辣妹，也跟网袜爆乳蜜桃臀无关。如果要老K具体描述，他喜欢的女孩子是什么样子，他会说，干干净净，绑个马尾，穿T恤和牛仔裤，背双肩背包，包里当然要有一两本书。

12. 安家能力很强的淑惠

但是偏偏淑惠，这位管她姓啥都好的淑惠，不符合以上任一标准，她穿套装高跟鞋，出入证券公司和银行，每天在家敷面膜查股价。这类女子，三不五时会收到信用卡送的古典音乐聆赏公关票，淑惠向来送人或任由过期。但这次，她去了。因此跟老K搞上。音乐会毕，她带老K回家。

进家门，淑惠去厨房倒了一杯热茶，老K已经躺到床上。

“接下来那个动作，会让我记一辈子。”老K说。

淑惠拿着马克杯进房间，递给老K，在老K伸出手来接时，淑惠温柔地把马克杯旋转一百八十度，捧着，将杯子的把手面朝老K。老K的生活随着那杯子，转了一百八十度。

他们做了，相较起老K前面跟其他女人做过的一百八十万次并没有太大不同。但是，睡前，淑惠又进厨房了。她用透明无瑕的玻璃杯，装了一杯白开水，放在老 K 躺的这侧的床头边桌。

隔天早上起床，老 K 还在刷牙，淑惠已经在阳台上洗床单晒棉被。老 K 看到淑惠家的流理台、浴室大面镜子光可鉴人。后来，尽管淑惠帮老 K 准备好一套进口设计师品牌纯棉格子睡衣，以及同样花色的棉布室内拖鞋，老 K 却已不再去。

因为老 K 知道了他的人生终极真理，那就是，他要一个家。

13. 错误示范：小玉在老 K 家的十日游

小玉长得很美，但是有点笨，她结婚四年，有两个儿子。而她嫌她的丈夫笨，他们之间没话讲。

她这样跟老 K 说，并且告诉老 K，你把我的心偷走了。一向多多益善的老 K 说，可以啊，你就来跟我生活吧。

小玉过几天晚上就跑来老 K 家了，青着脸，被丈夫揍的，她要求离婚了。小玉打开行李，老 K 才发现她带来一双小叮当拖鞋和一顶小叮当浴帽。隔天早上起来，小玉把老 K 家所有的窗帘都打上蝴蝶结。而她正在扫地。她说，要去看儿子，便把扫把搁在书架边，畚斗里的灰都没倒。她出门，把老 K 反锁在家里。

这并不是囚禁或惊悚的开头，纯粹因为，她觉得出门就要锁门，老 K 用电话叫她回来。不过小玉在床上的表现倒很不错，知道什么时候该叫该扭该翻该到。不过，只有这个是不够的。一向认为自己很在意精神层次的老K说。

所以，十天后，老K告诉小玉，他们之间没话讲。

小玉点点头，又搬出老K的家。

14. 老K所谓的最后一次

老K讲每个女人的故事，最后一段第一句的开头都是“我最后一次看到她”。但是，人生还没到尽头，怎么知道哪一次叫作最后一次呢?

老K说最后一次的意思就是，在最后一次的下一次再碰到这个人，她已经是陌生人了。

老K与诸多女人的最后一次遇见，大部分是在捷运上。他们措手不及四目相接尴尬问候。老K看到好多个小季，变成好多个淑惠。她们可能还绑马尾背背包，但有的在做翻译，有的已经是唱片公司营销主管。接着，不管下一站是什么鸟不生蛋站，女人们总会说她正好要在这站下车。“八年不见，八年，我们之中只多出一站的相处时光。”老K会这么说。

有次老K在巷子里走着，杜莎迎面而来，她说，要去面交。老K说什么交？杜莎说，面交。把网络拍卖货品当面交给客户。老K说为什么要取那么难听？杜莎说他老土，大家都这么用。

老K说，那我们也来交一下好了。杜莎说，神经病。这是老K与杜莎的最后一面。

15. 老K回来了

故事的结局总是这样。字幕打出："三年后"。老K要结婚了。

是个叫孟孟的女孩，心地善良，为人正直。他们商订好权利义务，谈妥家事分配，做好理财规划。我们经过了许多风风雨雨，现在要开出美丽的花朵了，希望各位亲友给予我们祝福。大概就是像现在很多那种感性诉求的喜帖会写的那样。

结婚前一周，老K因事要到云南出差。这回，真的，是真的公务。而孟孟也要南下办事，不能跟着去。在昆明的旅馆，老K想好好睡一觉。电话却响起，一个男的说，大哥要小姐吗？老K觉得应该说不要，但是嘴巴比他先回答：多少？

快炒，四十五分钟，三百。包宿五百。

老K要了快炒。三分钟后，有人敲门。一个男的带着一个女的。女的，天啊美成这样。男的说我告诉你，全程戴套喔。从头到尾都戴。老K只想赶快关门办事。

老K躺下来，女的却拿起电话。老K问你干吗，她说我回报。女的拨了键，说："编号七号，计时开始。"

老K想天啊我在干吗，便一手提着裤子，一手把女的推到门口，说你下去吧我不要了。老K睡了。他从来就很好睡，从不翻来覆去，从不失眠。

第二天早上，他开手机。收到一则漫游简讯，是孟孟的同事传来的。“孟孟死了。更多讯息，详见 email。”

老 K 走到大厅开旅馆的公用计算机，email 里有一个新闻网址的链接。但是他妈的寄信的人不知道网络翻墙这回事吗？这时，卖快炒的老兄又出现了，低声说：“我们有办法，要吗？一次一百。”老 K 觉得他真是个天使。如果世界上多几个这样按次收费、明码定价的天使，该有多好。

老 K 终于看到社会新闻。孟孟他们的公务车在公路上高速翻车，孟孟被甩出车窗，倒栽在安全岛上，当场毙命。

老 K 想起，这一幕仿佛好久以前就出现过。

是渔村那夜，穿过宋长安的砂石车。老 K 突然清晰地想起来，那个晚上，宋长安穿了一件白衬衫扎在一条 AB 牛仔裤里。那时的牛仔裤，没有石洗刷白，没有抓绉或鬼爪，就是服服帖帖两只裤管到脚踝。脚踝以下，宋长安穿着规规矩矩的白袜白鞋。他一直看着她的脚。

其实，每个女人离开的时候，老 K 都会看着她们的脚。看她们毅然决然的步伐，然后他会祈祷，那么多双脚之中，有一双走着走着，会缓慢地、坚定地旋转一百八十度，走回来，对他说：“来吧，我来把你搞定。”

但是，一次都不曾发生。

然后。

老 K 回来了。他说，我给你采访。

马修与克莱儿

/

刚刚看着一位男士站在流理台前为自己做早餐，
克莱儿其实好想从背后轻轻环抱他，
把脸轻轻贴在他两个肩胛骨内缘中间的凹槽。
但她不敢，或者说她在等，
这次她连一个小小的碰触都诚惶诚恐。

克莱儿一定是个做作的马子，马修这样想。

整个晚上她完全没看他一眼。这是他们的第一次见面，在一个晚宴上。他直觉与她之间有什么，但她就是不看他，连一个短暂的四目相接都没有。宴会结束，客人们轮番上前向主人致谢道别，他走过去时，她好刻意地退后了一大步。他知道了，她也明白他们之间必然会有什么，但她躲着。

这次宴会的电子邀请卡群组信上有所有人的 email，他等着她写信来。三天后，他等到了。他们你来我往一共写了三十几封信，中间好多封夹带自己心爱的歌曲给对方，歌词都如此赤裸：“我想跟你做爱，疗愈已经开始。”“如果你想要我，请让我完整。”

终于约了见面，她从皮制书包里拿出一本日文书送他。书页吸满了精油香气，她说：“啊抱歉那是书包的味道因为我不喜欢那皮味儿，就洒了精油。”他说他没有不喜欢，心想这马子还真做作啊。但他没有不喜欢。

喝完咖啡他邀她上他家喝酒。她酒量真好，两人喝到已分不清楚是谁想灌醉谁。两瓶红酒结束，她双腿吊在椅子扶手上，双手勾住椅背，把头枕在手上，闭上眼。他才明白，她并不刻意也不做作，而是，这就是她。

从她微上扬的嘴角，他判断她还有意识，问："为什么那晚你连一眼都不看我？"她张开眼睛，说："那现在看一眼好了。"她看着他，又缓缓地闭上眼睛，嘴角配合着缓缓上扬，接着，像一只猫般睡着了。

她是真的睡着了。马修没想过期待中的约会，竟然以这样宁静的方式结束。他坐在椅子上，看着动也不动的克莱儿。她胸部大，却很会遮。穿合身的T恤，一定再围一条围巾，现在睡了，围巾直接摊了当毯子用，更是什么都看不到了。马修歪头，从她身侧围巾没盖完全的缝隙，窥看那腹部上方到锁骨下方的弧度。对，是大没错。

马修看着克莱儿均匀地吸气吐气，打起瞌睡。他也真的想睡了。但他有点手足无措，要这样面对面，一人一张单人沙发，像在飞机上与陌生人一起入睡般地，睡到天亮吗？

有点蠢。这是我家耶。马修想。于是他还是进浴室梳洗，再出来时，克莱儿竟已经自己换到长沙发上，躺得好舒服。马修飘过一个念头：这不会是要我压上去吧？但他只是到房间拿了薄被，完全没碰到她身体，帮她罩了上去，关了灯。

只是两个人都困了。有时候事情就这么简单。

三个小时后，克莱儿醒了，被一阵恶心感催逼得醒过来，快速弹下沙发，进了客人用的浴室，对着马桶狂呕。她醉了。但她知道，吐完会比较舒服。她仔细地拿卫生纸把马桶边边飞溅出来的葡萄红色汁液擦干净，用热水洗把脸。她坐回沙发上，心想好险没吵醒马修。如果这个男主人冲出来说，你还好吧你有没有怎么样要不要我扶你（你有没有把我浴室弄很脏）？克莱儿想,天哪那会让她无地自容。生病是很个人的事。她忘了在哪里读过这句话，她非常赞同。

克莱儿应该去想她昏睡前发生的事，但她没有。好奇怪她想起了她母亲，傍晚她出门前，与她母亲的电话。

母：你没事辞掉工作干吗，你现在有在赚什么钱?

克：我有我自己想做的事。

母：是什么事?有什么事比赚钱更好?

克：哎哟，你不要管那么多，我自己知道我在做什么。

母：我是在关心你，关心一下都不行?

克：谢谢你。谢谢你。谢谢你。谢谢你。谢谢你……

母亲咔嚓挂了电话。那正是克莱儿希望的。

“她们一定是故意的。”对，这是丹丹与她得到的结论。丹丹与她因此成为好姊妹。因为之前只要克莱儿向周围友人和长辈抱怨起母亲，得到的总是，你要多体谅，她是为你好，天下父母心，等等屁话。

只有丹丹，也是一个受到母亲欺压的怪女生，诚实地说出母亲们的坏心眼：她们一定是故意的。她们故意用关心之名来恼火你，测试你的底线，最好你又气又哭中她们的计，她们最开心。

但如果不是辞职，她不会遇见马修。那是她前老板老吴的生日宴会，明明是为大哥祝寿，老吴却把焦点都移到她身上，哎呀，我痛失爱将啊。马修是老吴的大学同学，两个人都学建筑，一个在教书，一个在卖房子。克莱儿是老吴建设公司的文案。马修刚从国外厉害大师的事务所回到台湾，在私立大学空间规划还是城市设计系教书。

会想到母亲，一定是稍早马修喝酒时讲到我爸妈完全不管我，让克莱儿好羡慕好羡慕。马修还说了啥？说他有个老婆，在香港工作，金融业高层。他们每三个礼拜碰面一次，相处一个礼拜。大部分是马修飞过去，那一个礼拜，他老婆就不进公司，每天早上只要坐在书房计算机前开半小时的视讯会议。接着他老婆会上市场买菜，煲汤给他喝，或他们找个离岛健行吃海鲜去。这也让克莱儿好羡慕好羡慕。

“我们现在很好。”马修说。

“现在？那意思是以前不好吗？”克莱儿问。

“不，以前也很好，一直都很好，但我不知道未来会不会好。所以只能说现在很好。”马修说。

一定是这句爱妻宣言，让克莱儿断绝了今晚与马修上床的期待。最后那半杯红酒，哇啦哇啦大口喝下，她打算媚然一笑，说：“谢谢你，今天晚上很开心。请帮我叫车。”没想到几分钟时间竟坐在沙发上越坐越沉，睡着都不知道，不小心又搞成一日游。

一日游。她最后的房地产文案得意作品，打算用在宜兰温泉套房建案，却被老吴打枪。这位老板说，听起来很像一夜情或七次郎。太会联想了吧大哥。她改成了“小旅行”。听说预售就卖光光。

马修没关门。主卧的门敞开着，尽管克莱儿不是省油的灯，她刚刚也毫不害臊就着红酒，对着这位第二次面对的中年男子侃侃而谈她战绩辉煌的爱情，但她这次并不打算像以前在别的男人家做过的那样，脱得剩下内衣内裤，主动爬上黑暗陌生的床。她选择继续留在沙发。

马修房里传来咳嗽声。克莱儿马上匍匐在沙发上装睡，双腿优雅弯曲。但马修并无动静，只是咳嗽罢了。

干吗呢，唉。克莱儿只是觉得，这样比较不尴尬。而优雅，向来是她维持不尴尬的方式。

克莱儿三十四岁了。马修张开眼时，这行字仿佛被用好看的印刷体打在亮白的天花板上，像一行电影片名字幕，或杂志的标题跨页。直接，雅致，但有一点点悲伤。克莱儿说她习惯早睡早起，正如此时，马修可以听到客厅传来细微的声响，那是克莱儿翻书的声音。

马修决定要有男主人的气度与风范。出了房间，递给克莱儿一根新牙刷与一条新毛巾，是某次带去旅行没用到的，还有一点旅行箱的味道，但找不到其他的了。反正他知道克莱儿就算要嗅嗅闻闻，也不会在他面前。克莱儿进浴室，马修站到流理台前。这时他才想到，哦，那晚克莱儿会特别引人注意的原因，不只胸部大，不只是老吴爱将，还有更重要原因是，她吃素。素菜一上，大伙就转到她面前。克莱儿总客气地点头，然后大方地夹菜。那个客气点头貌，刚刚接过牙刷时也做了一次。

那晚出到餐厅门口，马修本来想跟克莱儿说："你一定是天秤座的吧。"可是觉得这样一听就像是在把妹，所以他改成："我听老吴说你是日本自助旅行达人，改天再向你请教。"她像个日本旅馆女将般欠身点头，没多说一句话，没多看他一眼。

三天后就写信来了："真不好意思那晚没与您多聊，有什么问题请随时问我哦，我会尽所能回答。"马修亦是客客气气地回了很长者风范的信，只是在最后加上了"P.S. 你的围巾很好看。"克莱儿再来信，写了她某次一个人的日本雪地之旅，走到大腿双颊都冻僵发疼，信末不甘示弱："你的手指好纤长，拿起酒杯时真好看。"接着，我喜欢你笑起来时的两个酒窝。你在建筑月刊那篇写科比意的文章写得真好。我喜欢你身上散发的勇敢，那是我身上没有的东西。我喜欢你的笑声，好像把自己放进去就好心安。然后是歌："我想跟你做爱，疗愈已经开始。""如果你想要我，请让我完整。"然后，砰！现在他们要面对面吃早餐了。

洗过脸的克莱儿看起来非常纯净。但她好像急着让这安静的早晨赶快热络起来，像是刚刚在浴室已经演练好一套台词，出来就对马修说："人家不是说喝醉酒会做出异于常人的事吗？我平常就睡得异于常人地多，所以醉了，也就是睡了。"讲完吐吐舌头。

马修太注意看着她被舌头稍稍划过的双唇，没有答话。克莱儿觉得自己这句话一定很无趣，所以垂下双眼，收起俏皮。马修回神，调整呼吸，恢复男主人的自信自适："哦，我是要问你，奶和蛋吃吗？"

克莱儿始终觉得湿透的毛巾有一种失败感，败给庸常生活，尽管拧干，挂在浴室却像随时会发馊。她洗脸总以脸泼水，毛巾只用来擦掉脸上的水珠，刚刚她也这么做了，把毛巾挂在浴室（带走太小家子气了吧），而把牙刷带走（留下来太不好意思了吧）。她看到马修快速晃着右手，打着蛋，暂时不会抬头。把牙刷放进包包时，她瞄了一下手机，昨天和马修见面后就切成无声。有一个未接来电，莉萨。

那件事已经过了两年。莉萨最近又回到从前，积极约她喝茶，克莱儿一直借故推掉，莉萨上礼拜说："我们家没人再提，你也不要放在心上了。过几天有个童装特卖会，陪我去嘛，你眼光比较好，比我还会帮小孩挑衣服耶！"她心软答应了。大概是打来要约时间了，克莱儿不接电话是正常，莉萨晓得的。不急着回。

叶莉萨和强是大学班对，大二分小组做作品时，三到四人一组，同学们快速小圈圈凑拢成一团一团，就克莱儿一个人像在等着被捡，莉萨拉着她一起，这三人小组大二到大四，都拿全班最高分。莉萨和强毕业后先一起去新西兰度假打工，回来后她当研究助理，一边等强当兵退伍。两个人都正当工作稳定薪水，结了婚，一年后生老大男生，老大要读小一了，又生了个妹妹。好像上辈子就已经修好了，一切照进度走，没有犹疑困惑。

是去莉萨家看小女娃那天，遇见了叶。莉萨的大哥，长得高大斯文，在客厅和强研究着电视数字盒，克莱儿却感觉到那双灼热的眼睛一直跟着她。叶妈妈住到强和莉萨家来帮她坐月子，开心地说着，好巧啊我生三个也都差七岁，这样好，大的都帮忙带小的。克莱儿偷偷算着，所以大哥比莉萨和她大十四岁，看不出来呵。叶妈妈继续念着，两个哥哥搞时髦，都不生，反而莎莎最乖，人家说我带外孙带半天又不姓叶，我说儿子女儿生的我一样疼。她二嫂现在才想生，搞得要去打排卵针，活受罪。

如果想要知道一家人的闺房八卦，趁着其中一人生小孩时来访，保准丰收，克莱儿想。叶妈妈去陪七岁哥哥看巧虎时，莉萨低声，比比外面的大哥，说："在闹离婚啦，我妈刚跟我说的。"她说不然她大哥平常怎么可能来，就是想躲咩。克莱儿装得事不关己，其实心里在呐喊：哇，机会来了。

"机会"却早她一步道别，没有交换联络方式。也许他会假借要买房子或找外包文案之类的跟莉萨问她电话，克莱儿朝未来发出念力，才三分钟，莉萨家的电话响了，七岁小男生跑过来抢着接:“喂～舅舅～好、好、电视上哦，我知道。掰掰。”小男生照着电话里的指示大声宣布:“马麻～舅舅说他有一本书放在电视上，请克莱儿阿姨帮他拿下去，车子在门口。”

房子里四个大人都听到了，也仿佛都知道这是什么意思。克莱儿瞬间脸红到耳根,其他三人也都看到了。空气中满溢奸情的暗示,诡异的是，这竟是通过童稚无邪的声音放送出来。好高招哪。大家心照不宣，努力不往任何暧昧方向想，装作没事。叶妈妈先开口化解：“哎哟怎么这么迷糊，强你拿下去啦，克莱儿再坐一下嘛！”克莱儿提起勇气，站起来，压着颤抖的声音，礼貌微笑，说：“没关系，我也该回去了。”

那是一本黄仁宇的《万历十五年》，果然好企业主管品位。克莱儿在电梯里快速啪啪啪翻一遍，叶在好多地方都齐整画线，克莱儿把头埋进书间深嗅一口（顾不得全部都被摄影机录下），她已微微兴奋。出了小区大门，叶的车在门口。克莱儿从车窗把书递给他，叶说：“我送你回家吧。”上了车,叶的手就过来放在她大腿上了,克莱儿用两只手抓着，十五指交扣。三只手不知哪只引导哪只地，一直往两腿之间探去，她只能夹紧响应。这车子里唯一在办正事的那只手，叶转着方向盘的左手，也不怎么安分，食指轻巧快速拍打着方向盘皮套，佯装好像在跟着车里音响播放着的 Bossa Nova 打拍子，克莱儿受不了了，抓着他温暖的大手直接滑进她的内衣里。叶的食指在里面缠绕拍打，克莱儿细声呻吟，低头吮咬着叶的其他指头。每停一红灯，叶就扑过来送上一个大舌吻。

他们做了，当然好得不得了。克莱儿不喜欢在床上讲太多调情的话或做使用者满意调查，却也破例在叶耳边娇喘重复："你好腻害哦。"叶会把她翻到背面或侧面，说："还有更厉害的，想要吗？"他们每次就这样要个没完。克莱儿自认已有些绝活，但叶要得更多。

叶不能不回家，虽然他说回家也就是睡沙发。他说他老婆那控制狂连砸屋子都分类，有次他晚回家，她把所有镜子和陶瓷玻璃制品全都打碎，满地碎片，自己坐在弹簧床上如守孤岛，等着叶回来清理。"我换上登山鞋，开始像铲雪夫一样低头猛扫。她说下一次就是烧所有能烧的。""所以你有登山鞋哦，那下次我们可以一起去爬山啰？"克莱儿避重就轻无厘头，她觉得幽默感可以帮叶降低偷情罪恶感。叶和以前那些男的不一样，他并不藏，带着克莱儿上餐厅看电影，走到哪都手牵手，街头拥吻也没在怕。她想，他要不是很老手，就是一片真心。她宁相信后者，因为每次见面叶都会报告新进度：她最近好多了、协议书都印好了、我要准备找房子了。

去北海道之前，克莱儿先回家一趟，当个乖女儿，陪妈妈上市场，她有点按捺不住，很想跟母亲说，我遇到一个很合的了，这次会成的，但她忍着。在市场，克莱儿勾着母亲的手，帮忙提这提那，难得母女俩兴致都好。突然，一个高瘦女子冲了过来，朝着克莱儿，挥手就是一个热辣辣的巴掌，咆哮说：“怎样？！我是叶伟信的太太！”与母亲相熟的菜贩肉贩们都看见听见了，克莱儿没有吭声，拉着母亲转头往外走，出了市场，母亲还没开口，她用不亚于巴掌婆的音量压住她：“别问！拜托！我知道我在做什么！”

巴掌婆。呵，是啊，两天以后去北海道，在那冰天雪地和丹丹喝掉一整瓶余市威士忌，就可以对这一段一笑置之了，奶油男与巴掌婆，两个台湾女生在一堆日本欧吉桑的威士忌吧里咯咯笑。在物产店，克莱儿看到一整排各种精油味道的马油，又拉着丹丹笑不停。有这么好笑吗？太好笑了。历史名著、Bossa Nova、超商奶油，这对克莱儿来说都不是什么品位，好奇怪她竟照单全收。克莱儿没想过三十二岁会在市场跑出个身上没有一点脂肪的高瘦女对她挥巴掌，她没想过是这样的场景、这样的形体对她报复，那是累进得来的。呵，高中数学老师呦、大学时跟强也偷偷有过一段（对不起噢莉萨）、出社会后这个那个厂商。不是有多羞辱，而是，这真是太俗太俗了，乡土肥皂剧才有的情节，不是她那纯然的爱欲。克莱儿只能一遍一遍把它说得好笑，才能把自己拔高开来。

不是莉萨或她家人去爆的料，是叶自己手机被看光了都不知道。无所谓了。克莱儿只记得那天头被狠狠一掴时，正好面朝一堆一堆的素料，豆皮包裹着笋丝红萝卜丝木耳丝、牛蒡香菇梗揉成的炸物、素鸡豆干百页油豆腐。她跟丹丹说：“这是一个 sign，我要开始吃素了。”丹丹没听懂这是隐喻还是她真的打算这么做，只是到北海道这小姐真的放弃旅游团安排的螃蟹生鱼片大餐，餐餐吃清汤荞麦面、野菜汤咖喱和便利商店色拉。克莱儿自我调侃："还好酒是素的哦！""对！当然是！""那马油呢？"她们又像两只小麻雀在游览车最后一排座位笑得东倒西歪。

克莱儿不知道什么时候站到身边的，马修把加了一匙牛奶的蛋液倒进平底锅里，熟练地转动锅子，两三下，香嫩炒蛋起锅。"这份是用橄榄油炒的，来，先给你。"克莱儿接过，马修接着滑进小块奶油，做他自己那份炒蛋。马修突然扑哧笑了，说："对不起，我想到奶油男。"克莱儿用手比出手枪样，食指对着马修，嘟嘴娇笑。马修抚着胸口，装出中弹的滑稽貌，他想要让克莱儿觉得，他可以承受所有她的过去。

而马修自己的过去平凡无奇，和太太是大学同学，一起留学念书，却说要来个"分开看看"，太太在西岸加州，他在纽约。他当然试了别的，又是大陆、又是韩国、又是日本女，最后跟一个餐馆打工认识的台湾女同居。有年冬天，纽约大雪纷飞，有人来按门铃，是他太太。"其实一秒之内，你就可以知道，你要选门外这个还是门内那个。"马修把台湾女请走，她悲伤过度在雪地里摔跤撞断了牙，她要马修付她修牙的钱，台币三万。从此之后他就一直好好地跟太太在一起，从大学算起已经二十五年。

"噢，你没有，嗯，偷吃过吗？"克莱儿吃完最后一口炒蛋，用纸巾擦嘴，开口问。马修回答得潇洒俏皮："如果你不算的话。"天哪这真是调情的最后一道了，接下来只有上床一途。马修站了起来，把两个空盘子收到水槽。

刚刚看着一位男士站在流理台前为自己做早餐，克莱儿其实好想从背后轻轻环抱他，把脸轻轻贴在他两个肩胛骨内缘中间的凹槽。但她不敢，或者说她在等，这次她连一个小小的碰触都诚惶诚恐。看了时钟，现在是上午九点。马修昨晚跟她说过他今天下午的飞机去香港，爱妻一周之旅。下午几点呢？他没说。假设中午必须出发好了，那他们还有三小时。

马修洗好盘子，帮克莱儿添上咖啡。问："你等一下直接回家吗？"克莱儿的表情有点诧异，稍稍瞪大的眼睛里，瞬间装进失望，但旋即挤出一个笑容，点点头。马修拿起大楼对讲机，拨给警卫："你好，我今天有叫一台车十点去机场，可不可以请司机提早二十分钟，我们先在林口停一下……"克莱儿又用礼貌把自己防卫起来了："不用麻烦的，我可以自己回家。"马修说："没关系，反正顺路。"

接着，马修到房间里打包，克莱儿在客厅翻杂志。马修清楚，当然他对克莱儿有满满的欲望，但却也仅止于此了。他只想看着漂漂亮亮的她，坐在他对面喝红酒吃炒蛋，偶尔不致色情狂地偷窥一下那好看的胸线与唇型。

克莱儿有时很想学帅T丹丹那样在男同事面前豪爽地说："你们就

是下半身憋得慌啦！”但马修似乎并不是这样，她搞不懂他要什么，只能没有选择地和他上了出租车。他们继续像昨晚和悦地聊天，克莱儿在心里感谢马修这样的安排，至少，还可以让两人多共度一程。

车子下了交流道，克莱儿悠悠说着，房子买在林口，其实是某一任情人的主意，“但不是金屋藏娇呦，我自己辛辛苦苦缴的贷款。”她那柔弱又坚强的样子，让马修突然无限心疼。“你是所有男人都会喜欢上的女人。”马修说。这句话像一个启动飞弹的按钮，克莱儿先是看向窗外，几秒之后转过头来，眼眶里盈满泪水，“可是你不喜欢我。”

马修说：“我很喜欢你。”

来了。那个愿意脱光衣服爬上床、破釜沉舟、不顾旁人（出租车运将噢）的克莱儿来了。她脸一扬，眼泪淌到下巴，问：“那我们为什么不做爱？”马修也没刻意压低声音：“因为我结婚了。”“那你之前写的那些信是什么意思？”“那是在告诉你，我很喜欢你。”

克：不，你不喜欢我。

马：我很喜欢你。

克：那我们为什么不在一起？

马：我结婚了。

克莱儿觉得这组对话会一直这样跳针下去。她深吸口气，说：“你知道吗？我那时候就发誓再遇到任何人，只要他有老婆、有女朋友、有未婚妻、有炮友、有任何暧昧对象，不管我有多喜欢他，我都要掉头就走。

遇见你那天晚上，我跟自己说，在确定你的感情关系完全干净清白之前，不准看你一眼……”这段话和着眼泪鼻涕，倾泻而出。她家到了，车子靠边停了。克莱儿打开车门，没有抬头，从喉头挤出两个字：“谢谢。”

车子继续开走了，马修坐低身子，叹口气。克莱儿啊，如此明晰灵秀、谨小慎微的美丽女子，何以败给爱情？面对爱情为何如此狼狈凄惶？

克莱儿拿出钥匙打开大门，又转过身来，看着车子消失。她想，等下上楼就要写封信给马修，就这样开头：“不好意思，我今天失态了，谢谢你……”优雅，向来是她维持希望的方式。

我　们

/

“你就是以为在另外一个时空，

已经有一对我们变成夫妻了，

所以你在这边就可以对我这么烂对不对？！”

我故意说得很用力，

好像用来证明我和那位看起来很温婉的我，

真的不是同一个人。

Y 很讨厌讲电话，他从来不主动打电话给我。但在梦中，他打了，还劈头就是一句玄之又玄的话。他说：“我遇见我们了。”

他说他像平常一样出了捷运站，一对夫妻手牵着手与他错身而过，太太手上挽着黄昏市场买来的葱和红萝卜，先生提着公文包。然后，他发现，先生长得跟他一模一样，而太太跟我根本是同一个人。“我一开始以为你找了个跟我长得很像的人嫁了。”我说你臭美。Y 说，他跟那对夫妻要了地址，要带我去相认。

那是一栋日剧里常看到的分租公寓，我们没按门铃也没敲门，直接打开门。那对夫妻面对面坐在日式地板上，隔着一张和室桌，我和 Y 在空着的两边也面对面坐了下来。我不知为何愠怒起来，其他三人倒都很平静。我对 Y 说：“你就是以为在另外一个时空，已经有一对我们变成夫妻了，所以你在这边就可以对我这么烂对不对？！”我故意说得很用力，好像用来证明我和那位看起来很温婉的我，真的不是同一个人。

那个我好像被我吓到了。她把手放在我的手上，轻柔地说：“你不要对他那么凶。”我说我们什么都不是，所以无所谓。Y 没说话，习惯性地抿了双唇，我想从他脸上看到更多愧疚的表情，但另一个 Y（我竟然从头到尾都没看他）摊开了报纸，正好一道阴影落在 Y 脸上。

脸暗了一半的他说：“我还以为你会很高兴。”他停顿了一下，“我只是希望你高兴。”他故意夸张地模仿我，“我还以为你会说天啊这真是太好玩了！怎么可能有这种事?!这太妙了啦！”事实上我已经很久没那么兴致高昂地说话，因为已经好久没有任何事可以引起我的兴趣。但我知道他在讨好我，所以我笑了。

我笑了。他安心了。我们向我们道别。走出这住宅区时，我上前勾住 Y 的手，他没有拒绝。我们已穿着跟来时不一样的衣服了，两人都一身白，他白衬衫白休闲裤，我白棉 T 恤白长裙，我们走在黄昏斜阳里，都带着笑。

我说我想要赶快醒来，因为我想要记住这个梦。Y 说这不是梦啊，我说：是。他说你就是不相信我们可以这样好好地在一起对不对？我说：对。

到这边我就醒了。我没有打电话或写信告诉 Y。因为我偶尔还会想想他们，不，想想我们，接下来怎么了。

失　明

/

她与“她们”共用一罐生理食盐水
和一组隐形眼镜保存盒，
多年眼痛她知道好多女病人
都是隐形眼镜戴不好染眼疾的，
有时候她找不到食盐水或保存盒的盖子，
心里暗自地想，
来了一个，习惯比较不好的女孩喏。

1.

他嫌她干的那个早上开始，她就感觉自己要失明了。

干点不是比较紧吗？她吐吐舌对镜戴上隐形眼镜。戴上隐形眼镜的刹那，她吃了一惊，两个不相识不相干的男人在小便完甩甩阴茎放入裤裆的动作竟是完全一样的。她以为她见到了初恋男友。

她以为她见到了初恋男友躺在发了霉的温泉旅社地下室，问她真的可以吗，她点头之后便感觉自己整个人不断被搬来搬去，第一次她知道举重的时候哑铃也是这么累。初恋男友取下避孕套有点不好意思地背过身去打个结，欸，她抚抚初恋男友的背，我想看欸。接过打了结的避孕套，悬在半空她第一次看到这种浊白的液体却哇的一声叫出来，破掉了啦，初恋男友弹起来，先吹鼓了那塑料套，到浴室灌了半满浊白的温泉水，如同机车行检查轮胎有没有破一样专业只差没抹上肥皂水，用力挤压那套也没见它喷或渗出一点点，初恋男友用手指沾了沾套子外层末端也是浊白的液体凑近鼻闻一闻，笑开来对她说，你的啦！

她第一次知道自己身体内也有这样的水，往后的长长日子里的每一次做爱，她和初恋男友虽仍不断因不谙性事而发生幻想式高潮或幻想式怀孕，但对于彼此体内体外的不明液体早已熟悉不过，兴致好时抹了涂在对方身上，考试般地问，你的还是我的？

你的还是我的？到分手时也还这样问，尤其那些多到吓死人的文件磁盘与自烧光盘，在一起那么久好多东西都要打开来看看才清楚，你的还是我的。就好像朋友们都说，你们在一起那么久越来越像，可是她知道一打开来身体里还是好多不一样的啊。所以分手了。

她坐在床边想铺好被单却哭了起来，她哭无声也不一抽一抽，就是泪止不住地流，他走进来抹抹她脸说别哭别哭，想逗她发笑，说，哇，原来水都跑这边来了。

2.

你一向都这么爱哭吗？他问她，随即一个转弯，嗯，她抿抿唇发出一个音，抬头看专心转着方向盘的他，太阳很大，他正皱眉，好几秒过去，刚刚问的话穿过树梢，空气一样被阳光蒸散，好像没过交谈。她很后悔自己说一句话都要想这么久，她压低了身子，仰头看车窗外的白云蓝天。

你一向都这么爱哭吗？小学一年级上课到一半她就在桌上哭起来，那是中午十一点五十分，因为妈妈告诉她十一点半会来带她去舅公家吃喜宴，她不断从蓝色木框的窗户往外看妈妈来了没有？每看一次就扁一次嘴，二十分钟后终于放声大哭，老师急忙冲下来问，她说我、眼、痛、哇。原来从那时候开始她就不爱说真话。老师穿两片裙踩高跟鞋的背影，穿过一个操场到办公室打电话。母亲牵着她的手穿过小学门前的一条黄泥土路，风扬起要灰头土脸的，哄她不要揉不要揉，否则“明天”不来带你去舅公家。眼科老医师左翻右翻自然是查不出原因，隔天的喜宴她也吃得好高兴。这个假眼痛事件，二十年她都没说出去；但是，却从此眼痛，痛了二十年没离开她。

她很清楚让她哭的是一种恐惧，害怕世界遗弃了她，全家人一起去吃喜酒忘记她还在学校。可是她从来不说，从小就自己吓自己。等公交车半小时一直没有来，她会想，这班公交车从今天起已经不跑这线了，她想自己一定回不了家，流落街头一辈子。像是把自己逼到一个极限，然后想，接下来要怎么办；当然接下来就是在等了四十五分钟之后公交车出现了，而且一次来了三班，就算人再多，她还是会坚持选第一班挤进去，因为她觉得，这一班才是她要等的。上车后，就有一种死了又活过来的感觉。

小学六年级，爸爸妈妈一早就出门到晚上九点还没回来，和妹妹抓了板凳坐在门口，爷爷阿嬷怎么叫她都不进去吃饭也不准妹妹进去。妹妹已经哭得好伤心，她却坚定得令人害怕，她心里有一种自以为是的致命的预感，她知道爸爸妈妈一起车祸死掉了，她和妹妹要和爷爷阿嬷相依为命，她告诉妹妹我们要一起长大，不可以让别人笑我们是没爸妈的小孩，要念大学，孝顺爷爷阿嬷。当更晚一点，爸爸的车灯打进院子时，她站得直直的，一动也不动，从那个时候起，她就忘了哭。

初中毕业她就离家，到城市里念书、工作，她越来越独立，可是她知道恐惧从来没有离开过她。车子拐进静巷，她家到了。下车前，她想起什么地说，欸，我不爱哭的。他亲亲她脸颊，说，下次把水存饱一点。她笑了笑说，我老觉得你应该是妇产科医师，不是眼科的。

3.

第一次戴眼镜，是小学三年级。她到现在都还清楚记得那座蔡诊所，在离家半小时车程的小镇。那座大宅院般的诊所刚好占了这个镇上的一个街埠，四个门面对东南西北四条街，一式四样的招牌正好是:蔡眼科、蔡妇产科、蔡耳鼻喉科以及蔡胃科。蔡家四兄弟都留学日本。这栋灰色磨砂外墙的建筑物的四个入口，单从一面看以为是各自独立的诊所，往里边走就发现其实四家诊所的后门相对，中间刚好形成一个天井。当然，她最熟悉的是蔡眼科。

蔡眼科是老大，她记得这位老医师每次都如爷爷般慈祥地帮她洗眼睛、点眼药。可是配镜部在另一头，要推开一扇深茶色木头框的雾玻璃门，白底黑字的木头招牌挂在上面，有一个比较年轻的验光师，她觉得，如果这座诊所是一出连续剧的话，他就是演坏人的。这个验光师身后随时准备一根手杖，如果客人不想配昂贵一点的镜片，他就把手杖拿出来说，太太那这根卖你二十就好，你可以永远不需要在这边跟我杀一百两百；一边伸手进去满是镜框的玻璃柜，拿出一个像放大镜一样厚的镜片，说妹妹现在不矫正的话，三五年就要换戴这种的。妈妈在她指着手杖嘶嘴说我要那个的同时，连忙说好好好，配配配，配最好的最好的。

此后以将近一年一百度的等差级数增加，遇见他的时候，已经是一千三百多度，除了近视之外，她眼痛了二十年。每次都是躲也躲不掉的针眼。别人一有针眼的征兆赶快点点药水隔天就消，她不是，她一定要左眼右眼上眼睑下眼睑轮流长过四个地方，才算结束。在这一循环里，都是从痒到红，从肿到化脓，她常将自己眼睑翻上来用针刺破成熟的脓包，挤出黄浊脓液；有时候脓还没成熟就被新长出来的肉包住了，在眼皮内侧形成一个小瘤，就得动一次小刀，这些必经流程她从小就熟悉。这些痛她也熟悉。她已经在这个大城换过一家又一家的眼科，因为痛起来的时候她不一定在哪里，而且不管去哪家都一样，她清楚痛是别人帮助不来的，痛过一回就好了。

动这个小手术非常容易，却得一样躺在手术台上，护士用只开左眼一个小洞的白色不织布盖住她的脸，用钳铗之类的东西把眼皮翻过来，打进麻药，然后等医师来操刀。他走进来的时候她却觉得一切都不一样了。她觉得熟悉，一反以前的沉着冷静，当他为她割去小瘤的时候，她发着抖，偷偷挑起一角遮住右眼的白布，看他的鞋。他也知道。他只看到她的左眼，他就知道。她知道自己这次会回去复诊，拆完纱布他果然说，你病历表上填的电话是假的。

第一次约会是台风天。她坐在捷运站内等他来，风雨交加，她却知道他一定会来。他来了风雨就小了，他们在无人的下过雨的柏油路上一前一后笑得好开心。然后一起回他家。他说我重回台湾才五年，等于我在台湾只住过五年，我什么都没有。早上醒来她好快乐，帮他刷浴室，刷到镜台才发现，有好多不同牌子的洗面霜，突然她知道了，他不只有一个女病人。她还是把一瓶一瓶整齐排好，盖子没旋紧的旋紧，挤太多糊在外面的也擦干净；他点烟走进来，只睡过一夜就知道她不说话就是难过，说，这些都是我的，我老了我要保养啊，胡适说做学问要在不疑处有疑，做人要在有疑处不疑。她也笑，你不知道我谈恋爱跟做学问一样认真吗？他哈哈大笑，她感觉到，他是这一刻才开始喜欢她。他开始喜欢叫她妹妹，叫了五年。

她没有离开，从来没有，反而更爱他，爱他爱到自己都干了还不知道为什么。一次一起去看电影，她挑的片。里面是茱蒂·福斯特和闯入她家的强盗组成两支白痴兵团，在不开灯的密闭空间里，你来我往，没有任何战栗效果，非常难看。电影没看完他就拉着她出来，在大街上咆哮，那是他们第一次吵架，她记得非常清楚，她觉得他们走过了那个进不去出不来的空间，无光的所在。他像是气她又像是气电影，不断愤怒重复着，为什么不开灯呢？

还在念初中的时候，冬天一早起来她第一件事就是把家里的灯全部都打开，她好怕那种将明未明的昏暗，比黑夜还看不清。节俭的爷爷会跟在后头，一盏一盏地关掉，有一次她忍不住对爷爷大叫：为什么不开灯呢？爷爷训她，又不是瞎子，她用直直的声音顶嘴，瞎子是再亮也看不见的。

4.

爸爸那个晚上就瞎了。爸爸的车灯打进院子时，她站得直直的，一动也不动，她看见，是妈妈开的车。爸爸双眼缠了纱布，在工厂里突然什么都看不到，送到医院就瞎了。那个晚上家里闹成一团，爷爷坚持要骑着铃木五十去找“蔡仔”;阿嬷烧香拜佛;在市内当牙医的舅舅也来了，打电话到处问同学，谁谁谁认不认识台大长庚荣总的主任。妹妹不断地哭。她陪爸爸在房间里，她问，有很痛吗？有我针眼那样痛吗？然后她说，我念今天的报纸给你听好不好？

从小爸爸特别疼她，每个礼拜作文班放学时爸爸来接她，会在路边杂货店买一盒铝箔包的麦香红茶给她喝，然后在快到家的小区公共垃圾桶前停下来，问她喝完了没有，喝完丢掉。她会一边喝一边把今天发回来的作文念给爸爸听，爸爸会告诉她，这一段“的”和“就”太多，“许佳欣”说了太多遍，下次用“她”就好。爸爸有时候也跟她说自己编的故事，让她猜是真的还是假的。爸爸失明前最后一次载她时，告诉她，妹妹啊我今天没有去上班喔，爸爸说他不知道怎么了，一出门就一直往山上的佛寺开去，最后停在佛寺外，睡了一天。她觉得这跟麦香红茶一样，是她与爸爸的秘密，没有告诉任何人。

爸爸失明后，她常牵爸爸去散步。有时候她会把眼闭起来，循着记忆和方向感走去，等到抵达无误，她兴奋地告诉爸爸：你猜我刚刚是睁眼还是闭眼走的？她念书给爸爸听，到初中改念一些西方文学名著时，爸爸要她帮书中主角改名字，把罗密欧叫小罗，朱丽叶就叫小丽，彼得叫阿德就好，否则又查理又理查德、又罗宾斯又史宾塞，他记不住谁是谁。

5.

恐惧从来没有离开她。大学时参加登山社，有年四月去溯溪，渡溪、攀岩、垂降，她都不怕。但是最后一夜开始下大雨，早上起来溪水暴涨，淹进帐篷，领队指挥大家打包收拾，但滚滚黄水，已经急不可探、深不可测，虽然最后平安回家，但她却学到了对大水的恐惧。回到与初恋男友同居的顶楼加盖小屋时，正是这城市的梅雨季，每天深夜当雨点打在铁皮屋顶上，她就惊慌失措地醒过来，从此再睡不着。有个早上醒来，整间屋子里果然淹进满满的水，放地上的抱枕连同几本书全部像一只一只小船一样漂浮在屋内，她与初恋男友都吓坏了。原来是洗水塔，工人没注意到水线淹过他们家门口，还一直放水，当然是抱歉连连地进来帮忙舀水，可是她一动也不动，站在屋子中央，光脚踢那淹过脚踝的水，半天不说话。初恋男友和她提了分手,因为你在想什么我一点都不知道。初恋男友的故事就到这边。

第一次在他家洗澡时，他要她蹲下，将一瓢一瓢水从她头顶倾下，她低头看着细细水柱沿每一根发梢直直落下，她一样光脚踢着水。想起这一幕的时候她常常都想淋雨。每次洗完澡后，他必定要用干拖把，把浴室的地板吸得好干，看到有这样习惯的男人，她觉得踏实。不过她仍不习惯和他一起洗澡，就像偶尔穿了低腰的裤子盘腿坐在他家椅上，他经过她身后时，她会习惯地把手探到后面拉拉裤头，已经这么亲密她还是喜欢保有距离。去过好多遍之后她才敢在他家大便。家里的事她从不跟他说，他也是，他说他们是两个人恋爱又不是两家人恋爱。她喜欢这种自由，也让他自由。但是每次约会他要她在胸前留下一道深红色的吻痕，她要他知道，她是他的。纵使她不能也不打算拥有他。你有那么多个但我就只有你一个，我要你明白要你明白。

从小她和妹妹一起洗澡，两条光洁的身子可以并躺在浴缸，好久，到水凉了才起来。小学六年级一次洗澡时她看见自己乳头已经发黑隆起，不敢脱掉连身的背心衬衣，跟妹妹说，今天我好冷，我要穿着内衣洗澡。一浸水之后，那纯白的薄棉背心便透明了，湿湿地紧贴住两个乳头，她被这一幅极情欲的却是自己身体的画面吓坏，冲起来裹了浴巾说，我今天起不和你洗澡了。

上了大学她的情欲才被初恋男友开启。遇见他之后，她后悔自己当初给得太快，她多么想第一次是跟他一起发生啊，也许这样他会更爱她，她一直这么认为。

她的每一种恐惧再多再大，都敌不过一种“他不爱她了”的恐惧，这种恐惧甚至要胜过“他死掉了”。如果打一通电话他没有接，那么与其猜测他是跟别的女孩在一起，她宁愿相信他是摔下山谷了，即使是有几次迅速的回电证明他是在睡觉或者下楼买包烟漏接了，她就是有一种认定，纵然她知道这种自以为是地的定有一天会自己逼死自己。

跟他做爱的时候她却一点情欲都没有，他常说她不够浪。她怎样都湿不起来。她觉得跟他之间不是情欲。刚开始每一次做爱后，她的阴部都要受苦几天，先痛，有时候还流血，然后就是痒，像一种过敏，她觉得这是一种洁癖，因为知道这根阴茎不只进入她。有次她正要去电影首映会，为了观影质量不要被这搔痒难耐破坏，她先到戏院旁的屈臣氏买了止痒软膏，进场前在厕所里擦，想着，你正在和别的女人做爱我躲在这里擦益可肤。那场首映会她见到了崇拜的诗人，诗人送她诗集且叫她：书书。会后的摸彩她抽到价值不菲而且只送不卖的原文版海报。她从此相信，她在这边多痛一些，在另一边就会有意想不到的好运。而至少，至少他喜欢听她大声念诗，她每次都这么想。

6.

爸爸到佛寺住两年后，有天妈妈上山看他，爸爸拿出了已经签好字的离婚协议书，妈妈哇的一声哭起来，说我做牛做马一世人，你现在给我这个东西。她知道，她离家之后，有一天，爸爸还是会回到他想去的地方，他要一种自由，这种快乐不是婚姻幸福家庭美满的快乐可以借代的。她劝妈妈，妈妈连她一起骂。

妹妹不像她，妹妹一直都留在妈妈身边。虽然一样是两人生活，签了字的妈妈情绪很不稳定，有次妹妹深夜打电话给她说妈要自杀了，她正在念大学连夜坐了车回家，她一整夜坐在梳妆台前，隔着蚊帐盯住妈妈，早上醒来已经躺在床上，妈妈坐在旁边帮她点眼药，书书啊一夜没睡又长针眼了。那是她离家以后，与妈妈最亲近的一次。

妈妈不喜欢她一直念书，希望她赶快去教书。跟亲戚们说起她小时候却有一种引以为傲，吓一跳书书七岁，报纸拿着读；书书小学就自己填划拨单，寄到台北去买书。她决定不教书之后，妈妈就不大跟她说话。她一直以为妈妈是比较疼妹妹典典的，就像她清楚爸爸比较疼她一样。爸爸在佛寺里学了点字，每天看很多书，她知道爸爸是快乐的。

妹妹又打电话给她，她回家去，不过这次是陪妹妹，堕胎。妹妹的男友小范，也从兵营打了电话给她说，谢谢姊姊，我退伍一定会跟典典结婚、跟妈妈住的。念初中时有天早上起床，妹妹神秘地告诉她，姊姊，晚上睡觉憋尿的时候把双腿夹紧，会很爽。她那时便知道典典会比她成熟、比她还能担当。只有在这个时候，她才又想起她是姊姊。她带妹妹到蔡妇产科，填病历表时她说，欸用我名字，反正我不住这里了；填到电话时她说，欸别填真的。她扶着摇摇晃晃的妹妹穿过天井，从蔡眼科出来，第一次来竟是二十年前。典典，你记得这地方吗？记得啊，其实我好羡慕你能长针眼，可以常常请假又有新毛巾可以用。

第一次到他家他就给她一条新毛巾和一把新牙刷，每次她好怕别人来时会用错，所以把牙刷放在第一个抽屉，告诉他毛巾干了也请折好放这边。她想，谁要用错了就祝她倒霉得针眼，虽然她也知道针眼是不会传染的，就像痛是学不来的。不过他就像吸浴室地板一样细心，每回她去从抽屉里拿出干毛巾都还有洗衣粉的味道。但是她与“她们”共用一罐生理食盐水和一组隐形眼镜保存盒，多年眼痛她知道好多女病人都是隐形眼镜戴不好染眼疾的，有时候她找不到食盐水或保存盒的盖子，心里暗自地想，来了一个，习惯比较不好的女孩喏。听过视网膜移植会看到捐赠者曾经看到的东西的故事，有时她戴上隐形眼镜，眨掉多余的水再睁眼的刹那，她都以为镜子里不是自己。去诊所找他时，用一个女病人身份坐在候诊室，她眼睛直勾勾瞪着几个女病人，因为她感觉她们也一样在看她。看到的时候就知道了。有时候她会异想，如果现在护士叫一声林书书，说不定好多个都站起来。

7.

在更之前，爸爸有一次没有去接她，她自己走路回家。过了吃饭时间爸爸还没有回来，妈妈开始焦虑，爸爸从来不曾如此。她接到一通电话，电话里有个陌生但温实的声音说：妹妹，跟你妈妈说你爸爸今晚要值夜，就挂了电话。她转告妈妈，妈妈当然不信，爸爸要值夜会前一天就说而且这个月已经值过，妈妈打电话到工厂，工厂的人说：爸爸今天没有来上班。妈妈要发狂了，却沉着异常，一本发皱的小蓝本子电话簿不停地翻，从一个同事那边知道，工厂旁有一家早餐店，爸爸每天早上会去那边吃，和老板老夫妇很有话聊。问到早餐店电话，老先生说爸爸早上在念，要去某镇找一个朋友，要走之前还犹豫了一下，把朋友家地址抄给我们。妈妈记了地址，然后请住在邻靠那镇的小叔叔去接爸爸回来。那时已是半夜。

妈妈坐在椅子上哭起来，她可以知道妈妈那种被背叛的心理是多么难过，爸爸每天早上吃过她做的早餐原来出门还要再去找自己喜欢的吃、爸爸要去哪里宁愿告诉卖早餐的也不愿告诉她、他原来有那么多朋友她一个都不认识。书书也觉得被背叛了，因为这些人这些事的故事爸爸从来没告诉她。那天她也长针眼，在客厅她自己拿着眼药猛点，眼泪顺着多余的眼药流下来让她感觉自己没有哭。当晚爸爸没有回来。小叔说爸爸已经睡在那朋友家，大嫂我看过了大哥睡得很熟，那人看起来也不坏，你带书书典典先睡吧。

隔天一切归复平静正常，像之前长长的日子一样。隔周爸爸一样来接她，你上礼拜去哪里啊？她小心地问爸爸，随即一个转弯，嗯，爸爸抿抿唇发出一个音，专心转着方向盘，好几秒过去，爸爸把车停在垃圾桶旁，说：喝完没，喝完丢掉。

高中二年级，小叔叔打电话到宿舍来说，爸爸要搬到佛寺去住了。那个下午飘着小雨，她正要到省立图书馆去。省图连着一个好大的公园，外围的人行道好长。她一个人拄着伞，闭着眼，走过好长好长的导盲砖，那把伞后来再也找不到了，她觉得自己的惆怅与这有关。高中二年级她开始编校刊，告诉写诗的学姊，我只爱老男人。

8.

她的老男人每次打电话来她都好快乐。这天，他与她约，下班到报社接她，带她去一个地方。她想起，他们在一起已经五年。他带她到一家眼镜行，他要配老花眼镜。她笑起来，知道他是为了怕让同事特别是那些年轻把他当仰慕者的小护士发现他已经老到要戴老花眼镜，所以不敢在自己诊所配。他也不说他是医生，任着眼镜行的染发小弟帮他验光、挑框。走出去的时候她很感动，觉得自己陪他走了一个生命的历程，觉得自己会陪他走到买成人纸尿裤。她捏捏他手，如果再一个五年，只有我们是不变的，我们生一个小孩好不好？

佛寺通知家里说爸爸身体情况很差，不吃不睡，很不乐观。爸爸这几年是佛寺和医院两头送，每次她接到通知到医院时，妈妈都已经打理完毕，而且准备好在医院住上几天几夜。好几夜他们三人在病房里各蜷一角，原来长大后再跟父母睡一起是这种时候。她好透彻。这次上山去看爸爸前，她去找了小叔叔。她问小叔叔记不记得十五年前的深夜，他到镇外一个朋友家找爸爸。小叔叔那人是谁？我想请他来看看我爸。小叔说那人不是工厂的人，也不是本地人，是读书人，气质很好，你爸跟他一起聊天，很快乐。小叔支吾一下说，书书，这么久了你不要跟妈妈说，那个地址是一家宾馆。她没有吃惊，反而因为更贴近爸爸而高兴。我想找他。小叔从铁盒里翻一叠名片，小叔跟爷爷最像，东西收得有条不紊，手里有事做着小叔话匣就开，我一进去两个人都只穿条内裤，我吓死了，卷起袖子对那人大叫：你不要对我大哥怎么样！你不要对我大哥怎么样！可是没有，你爸跟他一起聊天，很快乐。我跟你爸一起长大没见过你爸那样快乐。

9.

小叔把名片拿给她。书书你要找喔，很有得找喔。她知道自己不用找。那人是眼科医师，比你爸小几岁，在台北开诊所，是你爸当兵时的同伴。她终于知道为什么是他，十五年前她就听过他声音，在电话里，他就叫她“妹妹”。小叔说，这个人后来打电话告诉我他要出国，去十年，不知道后来有没有回来。他出国那天，你爸就瞎了。

这是她最后一次看到爸爸，两个礼拜后爸爸就走了。她推爸爸到屋外晒太阳，一样念了报纸给爸爸听，然后她说，爸，你还有一个故事没跟我讲耶。爸爸已经连说话都困难。她想起多年前看的一部法国片，叫《一生的爱都给你》，艾曼纽爱莉·比尔特演的珍娜，最后突然死了，她是因爱而死。这么多年她突然知道爸爸为什么失明。她觉得这跟麦香红茶一样，是她与爸爸的秘密，没有告诉任何人。

下山的路上，她感觉眼前的光线一点一点消失，她觉得自己要失明了。在黑暗中，耳边响起一次与他的对话，如果有一天我瞎了怎么办？他说，我就念书给你听。

激　光

/

他丢 MSN 给我：

“我退伍了，正在找工作，有几个面试在台北，

可以去借住你那儿吗？”

我说可以，但你愿意陪我去激光吗？

他欣然同意。

好像有睡过什么都会很好谈，

但我始终搞不清楚那种亲密到底是什么。

我明天要开刀。

那朋友帮我盖好被子在我额头啄了一下，在我身旁躺下。这是稍早的画面。

现在，我们呈现一个拥抱的状态。

我们两个人都穿 T 恤短裤，我还不敢不穿内衣，两个人就像高中生一样，抱在一起，一同挤在我的单人床上。

可以这样抱着睡觉的友情，并非来自偶然。我们试过的，两年前，我们还在同一所大学读书的时候。他大四，我大三，在他外宿的雅房里，亲亲摸摸好一会儿，我在他耳边说 :“你有套子吧？”他说有。转身过去打开抽屉捞了一阵，拿出一个锡箔包装，撕掉封口，然后趴回我身上，说 :“可是我还没硬。”

这哪招？我的意思是，那为什么要浪费一个套子？还是他觉得他可以随着撕的动作瞬间变硬？

我们那时候都很穷，我会有这样的反应是正常。但我的大脑马上被其他小剧场攻占：是我技巧不好？身材不好？脸蛋不好？

他把套子放到旁边，我说："那我们抱着睡觉就好了。"

不知道是不是尴尬，我怕伤他，他怕伤我，我们没再提这件事，也不再试，但更正确地说，是我们好像也没有特别想跟对方做。既然没跨过这条线，我们也就还是朋友。我们继续各自跟别人交往，我不知道他有没有跟他女朋友说过有我这样一个真的只是睡觉的朋友，我是没说。

他毕业当兵，我们没再碰过面。我跟男友分手，考上研究所。硕二那年我决定去做近视激光手术，把一千度近视两百度散光用激光刀磨掉。但有件事让我很困扰，医院规定要有亲友陪同，以免回程因视力模糊发生意外。我脸皮很薄，想不出"理所当然"可以陪我去的同学或女生朋友，又不想劳动父母北上。我还在烦恼时，他丢 MSN 给我："我退伍了，正在找工作，有几个面试在台北，可以去借住你那儿吗？"我说可以，但你愿意陪我去激光吗？他欣然同意。

好像有睡过什么都会很好谈，但我始终搞不清楚那种亲密到底是什么。

他前一天晚上来到我的单人套房，我们下楼去吃麦当劳。他问:“激光不是很贵吗？你怎么有钱？”我说：“我去年底得了一个文学奖。”

“真的假的?!你写什么?!”我从来没跟他说过写作的事，所以他的惊讶很正常。

“写我近视很深，很怕自己瞎掉。”我说的是实话，但他觉得我在白烂，呵呵干笑了两声。

“那奖金有多少钱？”他一边吃着薯条一边问。

噢，短短交谈，他已经提到两次钱。我知道我们为什么只能当朋友，我不喜欢开口闭口钱钱钱的男生。他跟我讲过，他家境不好，读初中时就要自己打工赚零用钱，所以他养成对金钱和物质非常在意的习惯。倒不是节俭，而是钱要花在刀口上，大学时他手机和计算机都用最好的。

我接着想起来为什么两年不与他见面了。他刚入伍时，在网拍标到一双绝版球鞋，货品在台北，他打电话请我帮他面交。“我又不懂！”我说。他指导了我一些要看鞋底、看 logo、看鞋盒的撇步。那双鞋子要六千元，我当时一个月家教费大约五千元，存款则维持在一千元。

他忘了把钱先汇给我，我提不出那么多钱来垫。

我和卖家（一个留着庞克头的东区型男）站在大学门口僵持。我不断拨电话给他，他都没接。鞋子是拿不过来了。但卖家白跑一趟已很不爽，他抖着脚说：“你有信用卡吧？可以预借现金啊！”我说我不会用。他跟着我到了提款机前，待我按完密码，过来指导我。结果是我的信用卡无此项服务。卖家走了，面交失败。

最后他们自己用电汇和邮寄方式完成交易。他可能觉得我一定故意不帮他垫钱，而我觉得被陌生人押着差点要为他贷款的这种感觉很鸟。这件事就像他硬不起来是我或他的问题一样，最好方式就是把它装进“尴尬”那层抽屉，不再去提。

“八万块。”我说。说完快速低头吃薯条，不去看他吃惊或羡慕的表情。

眼科诊所的休息区非常舒适，有如饭店大厅，他留在那儿看杂志等我。医师再次检查后，说：“两眼各需激光四十一秒。”我躺上手术台，护士帮我点了麻醉药水。接着，有个像是圆形铁模的东西罩上我的眼球，一秒后掀起我的眼角膜，眼前一片雾蒙蒙，像是大雨滂沱而没开雨刷的车窗。激光准备开始，我必须看着一个小红点，努力不要闭眼。

这时，护士突然像个司仪般宣布：“激光四十一秒开始。”我看着小红点闪闪烁烁变大变小，“三十秒。”我尽量镇定出神。“二十秒。”我不知道自己在哪里了。“再忍耐一下哦，眼睛不要动。”我听见医师说。“倒数十秒。十、九、八、七、六……”我觉得自己像在百万大富翁的卫冕台上，“请选择，删去还是求救？希望你的朋友在电话机旁边，五、四……”主持人谢震武的声音适度制造出刺激，“删去还是求救？三、二……”滴滴滴，时间到。我没有朋友。

我想起刚认识不久时，他就对我说：“我们都是很难交朋友的人，我从小就觉得自己是个怪咖，遇到你之后，我才知道世界上原来还有另外一个大怪咖。”

换边，感谢上帝，我只有两只眼睛。

激光完毕，护士帮我戴上个BB枪护目罩，搀扶着我出来。对，我想，他真是我的好朋友。这世界上应该不会再有第二个人看过我这滑稽造型。我们一起上出租车。眼前一切甚至还比手术前的千度近视模糊，而且，眼睛灼热胀痛，好像那铁模还压在眼球上。

护士交代，先闭眼睡个两三小时，让眼角膜自动愈合。回到家，我对他说：“欸，你要吃饭、上网、打电动请自己来哦。”他帮我铺床盖被，擦脸倒水，其实比较像是我借住他家，他说：“有什么事就叫我哦。”他在背对我两米的书桌上打计算机。

我睡了，这将是我这辈子最最美好的三小时睡眠。因为，醒过来之后，不但完全不痛了，世界还变得清晰透亮。我不断嚷嚷太神奇，退到最远的墙角，要他随便指书架上的书背，看我能不能念出所有字。

那晚我们还是抱着睡觉。但我睡不着，动不动就弹起来张望四周，看窗外楼下的招牌，看路上的车牌号码，我说：“我太感动了，舍不得睡。”他陪着我聊天聊到睡着。隔天早上，眼睛还没张开，我习惯地伸手在床头摸来摸去，吵醒了他，“找什么？”“我的眼镜……”说完大笑着钻进他怀里。

我研究所的课不多，接着几天，有时我陪他去面试，在办公大楼附近的平价咖啡馆或麦当劳看书等他。一日四回的点药水时间，我把药水递给他，他会一手扶着我额头，一手拿着药水帮我点，我任药水流到脸颊下巴，他再伸手帮我揩去。我们坐公交车时总十指交握。我们共喝一杯大杯珍奶，共吃一盘芒果牛奶冰。晚上再抱着睡觉。也就是说原本一个人做的事，现在变成两个人一起做，而且不感到尴尬。

说没感觉是骗人的。他要回去的那天，在公车站牌，我问："欸那我们到底是什么？""朋友啊！"雪特（Shit），这么容易。我再问："那你为什么要陪我去激光？"

他像是早就有了答案，但原本打算只放在心里，现在犹豫着要不要告诉我。我发誓，那句话我会记得一辈子。

他说："我只是觉得，这样的话，以后你只要想起你的眼睛，应该就不会忘记我了。"

那是我们最后一次见面，我们没有再联络，也没有为什么。不知道是不是不必再躲在厚镜片背后，或者是换了一双更清晰的眼睛看世界，我变得没有那么难交朋友，变得比较知道怎么应对这世界。但也许只是年纪。我激光到现在已经十年了，遇到有近视困扰的朋友我就大肆宣扬此项科技的伟大。然而，我并没有一提起眼睛或激光就想起他。

没有想起，不代表忘记，对吧？但那代表记住了吗？

我只知道，要记住一句话，比记着一个人容易多了。

日　历

/

当她家的印刷厂倒闭，她念美工科，
然后毕业之后在计算机排版公司当排版小姐，
下游就是印刷厂，
跟一个与高级印刷机同名的男孩子谈恋爱到同居，
她也不认为这是命运的安排。

常常林宜家醒来的时候都以为自己睡在一叠半人高的纸上。

她用食指轻抚纸面，那纸的质地厚薄通过指尖的触觉，却是一阵潮湿温热。她醒来，知道自己只是又做了一样的梦。把蘸在指上的男人的汗水在廉价的细格子短裤上抹了抹。那背她而睡的男人，有一条容易生汗的背脊。电扇咿呀不止，在两人睡的位置张开了刚好的角度，缓慢地，来、回，来、回。林宜家随着固定的频率，无意识地环顾了几次这顶楼加盖铁皮套房，把电扇后的固定杆拉起，转了刚好对准男人的背。以为一切静止，却刮起床头一摞A4大小的打印文件，林宜家慌乱捡着飞满地的纸，重新拢成一摞，抓在手上不知用什么压住好，迟疑几秒扯下自己头上的黄色塑料鲨鱼夹，张开，夹住。这一切便真的静止了。

这一个动作，就可能为她带来一天的好心情，林宜家喜欢一切静止的样子。包括她上了一天的班，三更半夜回来时，那男人的姿势仍然与她离去时一模一样，电扇的固定杆仍旧是拉起的，林宜家亦会欣喜地脱了衣服，贴了上去。他们就这么过了一天，又一天。

男人叫王海德，取这个名字是因为家住港口，在海边长大。林宜家念高职时，她念的美工科和电子科办联谊认识的。两个人因为都是班上最害羞的，所以被配成对，有一天王海德突然打电话约她出去，看了电影，在街上一前一后地走，走了很久，走到天黑，等公交车时王海德突然说话了，他说不是我不牵你的手，是我很会流手汗。林宜家没有说话，抓过他的手，四只手合着，直到公交车来。从那个晚上之后，他们就感觉自己在一起了。

林宜家后来说，因为不知为何，王海德的手有一种好闻的油墨味，像她家小时候开的印刷厂的味道，偏偏他又叫“海德”，“海德堡”是最高级的印刷机的牌子，德国制的，也是她认识的第一个外国字。林宜家并不特别相信宿命与巧合，当她家的印刷厂倒闭，她念美工科，然后毕业之后在计算机排版公司当排版小姐，下游就是印刷厂，跟一个与高级印刷机同名的男孩子谈恋爱到同居，她也不认为这是命运的安排，或者说她不会去思考这之中的关系，就是欣然又自然地过日子。在她座位周围，每一个坐在二十一寸全平面屏幕面前的排版小姐，大抵也都如此。

王海德一开始是卖手机的，就是那种站在 3C 卖场或百货公司外面，逢人就问，要不要办手机，某某某某机款只要一九九喔的那种销售员，每推一支，可以抽成。但是这对王海德来说太难了，因为他根本不爱讲话。所以，后来，他又到计算机维修组装的小工作室去，每天埋首在一堆主机板内存当中，旋螺丝旋到手都起泡。

有一天林宜家下班回来，看到王海德坐在放计算机的和室桌前面，旁边都是计算机零件的纸盒和宝丽龙盒，王海德说，我不去上班了，我自己在家接工作。那时是夏天，王海德一开始还真的到处收货取货，有时候三四台计算机主机放在机车前面的踏板上，金属壳热得不得了，烫到也要起泡。他一次两台，搬上他们租的顶楼套房。后来，好几天过去也收不到什么订单，王海德说现在学生放暑假，九月开学就会有很多人要组计算机。十月都过去了，那些买回来的零件都还原封不动，王海德自己组了组，把家里计算机升级了，每天，就对着计算机打在线游戏，把赢来的东西，上网卖掉。

有个晚上，王海德说，我今天卖武器卖了六千块，钱汇进来了。林宜家回说，那这个月的房租你缴。这句话说出来她就后悔了。只是听到王海德说六千，她就直接联想到房租是六千，没有计较的意思。她以为王海德会生气，结果他只是过来搂住她装撒娇声音说，别这样嘛老婆。

他们没有什么共同的情侣朋友，就是那种可以一起约去吃饭唱歌的，没有。所以林宜家也不知道王海德这句老婆从哪里学来的，只是有时候她自己也会叫，老公。例如他们做过最像夫妻生活的事，就是在套房里煮火锅，煮汤圆，用电汤匙，这时林宜家会叫，老公，帮我加一点沙茶酱。这类活动的收场总是，电汤匙黏了虾饺皮，林宜家蹲在浴室刷，后来几次实在怎么刷都不干净，就不再煮了。

他们觉得现在的生活已经不错，至少已经从雅房搬到套房。有两台中古摩托车，林宜家那台比较小，比较破一点，下雨天就要用踩的才能发动。林宜家每天早上骑破机车，过桥，跟排山倒海的摩托车骑进市区，找到骑楼的停车格，上楼，打卡，坐定。

林宜家的公司除了做平面印刷品外，最大宗是做光盘圆标，有个固定的尺寸档案，一个大圆，包着一个镂空的小圆。最常做的，是 A 片。厂商送来一批清晰无误的图，林宜家等排版小姐撷取几张精彩好看的，拼在光盘上，在重点部位加马赛克，或者在女的身上画两颗小不溜丢的爱心或樱桃，总之如何设计，厂商不会太有意见。晚上，去压片厂监工的印务同事回来了，会带几片试压片，嬉笑分送，例如说，宜家这块你设计的，要不要拿几片回家？林宜家等排版小姐会故作哎唷你们好低级的表情收下，一天一天在抽屉越积越多，找一天全部偷偷放进大包包。

林宜家不知道别的同事怎么用，不过她和王海德是看过之后，物尽其用，烧录出好几十片，星期天下午拿到光华商场卖，林宜家在楼梯间顾旅行袋，王海德到处走，见单身男性就把头一低，小小声问，无码的，要不要？然后把露出欣喜表情的男的带到楼梯间，一手交钱，一手交货，一片一百。

林宜家不知道是害怕这种地下交易被发现，还是想要享受钞票蓬蓬的感觉，她一收到钱就快速往旅行袋一塞，所以一天下来，旅行袋会产生装满钱的效果。这个袋子，是林宜家要搬出家里时的唯一行李，那时候他们家的印刷厂已经倒了，她爸每天在赌博。

那天，她到邻居家当作赌场的鸽子楼，想要跟她爸说再见，可是麻将声哗啦哗啦，她爸坐在麻将桌上，桌子外围挤了一圈一圈的人，人声嘈杂，林宜家叫，爸。爸爸没有听见，就像她小时候被放在半人高的全开纸上睡午觉，醒来时会叫爸，但是印刷机在跑时，根本听不见，林宜家越过一摞一摞纸，可以看见爸爸，在日光灯下校正墨色，林宜家用手指沾沾纸上的白色粉末，涂在自己脸上，大概以为这样可以吸引爸爸，可是没有。她左顾右盼，看到这座临时的床，侧边写着几个字，雪铜，一五〇磅。

她爸听不见，所以她走出这个有尿骚味、地上都是烟蒂和槟榔汁的鸽子楼，这时候她的胸部从背后被摸了一把，她吓到了，但是没有叫也没有转头，带着羞辱的感觉走出去，王海德就在外面等她，拿着那个旅行袋。

他们坐上公交车，两个人都没有说话，林宜家看起来，是把头靠在王海德的肩膀上了，却只是碰着，好像怕把对方压痛一样，仍然用自己脖子的力量撑着头。王海德用手掌把林宜家的头扎扎实实地压在自己肩膀上，这一压，林宜家的眼泪就掉出来了。

林宜家小时候就不常看见她妈妈，所以她每天在印刷厂里，吃饭，睡午觉。她的午睡床，有时是雪铜，有时是道林或模造，睡一睡，突然轮到她睡的那摞纸要印了，她爸或其他印刷厂的阿叔把她抱到另一摞去睡。这些阿叔的午觉也是这样的，捡几张比较干净的放损的纸，在地上铺一铺，就睡，他们经常会选在两摞纸中间，较隐蔽安静。初中时，林宜家因为其实不聪明，背一个单字要背好久，被罚坐在纸上，背单字，她爸计算她背单字的时间是，这一叠印完就要来考你。纸被一令一令拖走，林宜家越坐越低，也越来越紧张。

林宜家一直到被王海德叫白痴，才不觉得不聪明不是那么一件可耻的事。王海德会说，耍白痴，这三个字跟老婆有一样的效果。例如后来，盗版A光的生意就越来越不好做了，王海德在光华商场出去绕一圈，有时连一个客人都拉不到，他们还试着卖日剧、卖大补贴，也都卖不动。林宜家这时候就说，该不会是每个人都在排版厂上班吧？王海德说，网络抓的啦，耍白痴。

林宜家仿佛可以为这个可爱的称呼奉献上一辈子。

排版小姐们上班生活没什么起伏，唯一的乐趣是，每天傍晚，跑业务的男同事会打电话进来，我现在在某某夜市，你们要不要买什么当晚餐？一群小女生才会稍微叽叽喳喳讨论起来。有次业务打电话进来说，他从基隆客户那里谈完案子回来，要吃什么？林宜家点了红烧鳗，大家登记完之后，林宜家又偷偷打给业务，说，买两碗。想当然耳，她一碗是要带回去给王海德的，林宜家和同事们，每个人坐在二十一寸的大屏幕前吃饭，她怕鳗块软掉，就在这庞然大物的遮掩下，帮王海德那碗的鳗，用筷子夹起来，放在另一个塑料袋里，夹完了，想了一下，又从自己的宝丽龙碗里，夹起两块放进去。做完这些细琐的动作，她才开始吃自己的晚餐。

林宜家其实还偷偷想过，背叛、出轨、偷吃这些事，只是她做不了。有次一家小出版社的总编辑，送了他们公司的名片来印，林宜家设计的，这个穿白衬衫卡其裤的总编辑亲切有礼，第二次来取件，买了一杯仙草奶冻给林宜家。她完稿之后，偷偷留一张这个人的名片清样，夹在皮包里，上面有手机号码，不过她从来没打过。她想如果一天同事或王海德发现了，她就会装作轻松说，是样本啦。

林宜家她们有时候会被载到印刷厂做临时女工。例如，公司接来排版的书，装订完了，发现书背上都是胶，又赶着出货，调不到临时工，赶紧出一台厢型车，把这些年轻女孩子送过去救火。大家拿小板凳在印刷厂较空旷的角落坐下来，一摞一摞的书立在四周，工头发了干净的湿抹布，一本一本擦，一共几千本。

还有一种零工是，印好的书里，要插入回函卡或广告折页，每插一张，五毛钱。这个林宜家小时候就做过，现在，又坐在印刷机运转声大得听不见对方说话的地方坐下来，做一样重复的动作，她也没有什么巧合的惊喜或亲切得痛哭流涕的感觉。

对于这样平庸的女孩子，林宜家只有一件事与众不同，但是她长大后，也就很少跟别人提起了。

小时候每到年底，家里的印刷厂要印好多日历。林宜家不像其他小女生喜欢红色，只喜欢看印绿色的，星期六。这点她特别坚持，爸爸和阿叔们都不知道为什么，但都会在星期六要开印的时候，把林宜家叫过来看，林宜家会蹲在印刷机前面，手撑下巴，满足地看着一张接着一张星期六跑出来，她把试印放损的那几十张星期六，仔仔细细裁好，抱到装订的阿叔那边去，所以她有好几本，每一天都是星期六的日历，大约横跨近十年。

那时候，大概她太认真做这些事了，所以她并没有注意到，她经常失踪的妈妈，在那几年突然不见了。

一九八六年，林宜家上小学。有一天，她爸回来，突然把她扛上肩头，在印刷厂里面转来转去，一面吆喝，把我们宜家最爱的那色星期六拿出来啦！那是她看过爸爸最意气风发的时候。她也一样蹲在印刷机前面，手撑下巴，看见，好多好多个绿色的图案，滚过印刷机，啪啪啪啪堆在眼前。刚念小一的林宜家看着那图案，突然像发现新大陆一样，大叫起来：哇，是台湾。

她爸又把她扛上肩头，手舞足蹈起来。

那几年爸爸都很快乐，常常有东西可以印，所以日历也不接了。厂里的阿叔，会逗林宜家说，今天你爸又去拼租回来了，赶快去分红。拼租的意思就是，去包了很多候选人的传单回来。读小学的林宜家，跟同学走回家，看着路上插着的候选人照片，都可以认得出来，这个是我家印的，那个是我家印的。有一天走着走着，林宜家看到一个女性候选人刘海吹着高角度的大头，也突然像发现新大陆一样，大叫起来：哇！往前走了好几步，才小小声地跟同学说，是我妈妈。

不过她很快就把这件事忘了。

林宜家现在很少跟王海德说她小时候，大概觉得前面的日子一天一天过下去比较重要吧，不过他们也从来没有说过未来。

盗版光盘生意做不下去之后，还好有些需求是恒久不变的。例如打字，王海德接了外包打字的工作，一千字八十到一百元，他一小时可以打三千字，比麦当劳好赚很多，他们这样欣慰地下结论。王海德一开始没日没夜地打，家里开始堆起一叠一叠 A4 的打印纸，很有一点创业规模的样子。有一次他们因为冷气坏掉吵架，王海德把一叠 A4 纸抓起来，撒个满天满地，林宜家把纸一张一张捡起来收拢好，跟王海德说，你是靠这个吃饭的，不可以对它不尊敬。那凛然的专注，王海德之前从没见过。

林宜家后来帮王海德接回更多的打字业务，王海德打不了，她就接力继续打，一整夜键盘声此起彼落，电风扇摆叶的起点是躺在弹簧床垫上的王海德，中间转过林宜家，终点是闷闷运转的计算机主机，这是王海德说的，计算机不能太热。王海德要打计算机游戏时还会把机壳拆下来，增加散热效果，林宜家躺在弹簧床垫上转头就会看见一堆裸露在外的电路板和管线，缠着一堆灰。

林宜家忘了自己今天是为什么走出来的。她前一天接了贴标签的工作，拿回一千个信封，一千张打印出来的地址卷标，贴一张一块钱，叫王海德贴，结果她下班回来，发现信封和标签都还躺在原来的地方，王海德打了一天的联机游戏。

林宜家扁着嘴，没有说一句话，坐下来，开始贴。王海德背对她，继续打游戏，也没有说话。林宜家贴完一千张，半夜两点，站起来，走下楼，王海德开口了，问她：你要去哪里？

林宜家没有回答。她骑上机车，过桥，骑到敦化南路上的大书店。她想到，自己天天在排版，却没进过几次书店。她摸着新书平台上的书，熟悉得不得了，这本封面是铜西卡二五〇磅上雾P加局部光，那本是铜西卡二〇〇磅上亮P软精装。几乎摸到每一本新书后，她走出书店，走上中间的人行道，往南走。

林宜家今天排了一张竞选海报，上面只放了一张行道树浓荫夹道的照片，大级数的文宣文字写着，某某某用一千五百棵台湾栾树，感谢您一千五百个日子的支持。照片下方的图说，小小的字标明，拍摄地点，敦化信义路口。

林宜家排过那么多东西，不知道为什么对这张海报特别有感觉。大概她看到一千五百个日子，就偷偷在纸上算了一下，四年，她从提着旅行袋离开家，一起和王海德租房子，到现在，也正好是四年，一千五百个日子。所以她突然升起一股浪漫的念头，要带王海德，去看那一千五百棵树。

走进树影幢幢之中，林宜家蹲了下来，感到头痛欲裂，她感觉有一架巨大的印刷机在她脑里面隆隆隆地跑，她看见，小时候在印日历的情景，一大摞一大摞的纸，一张一张被印刷机吸进去，经过油墨滚筒，啪啪啪啪跑出来，每一张纸，都是一模一样的。印着一模一样日期的纸，在她面前叠成一大摞，而她睡在上面。

林宜家低头，打开皮包，她想把那张总编辑的名片找出来。翻着翻着，林宜家哭了起来。

上海新桃花源记

/

挂掉手机，手机就不在他手上了，
他听到熟悉的关机铃声，
通常这个动作是二奶做的，
在他每晚与太太通完电话之后。
他想到他与太太的默契还是不错的，
觉得有点欣慰。

为了给二奶惊喜，他把飞机提早了一天。

末班飞机抵上海，他走出机场，上了一辆出租车，闭眼小睡。多年来这个动作已经太熟练自然，不需要特别警觉，就像一般人小完便不会去检查拉链有没有拉一样。可是，有时候，拉链它就是自己会掉。

所以，当车子突然停在路边，上来一个人坐在前座，而司机说，朋友，搭个顺风车，等会儿给你打个折，他开始觉得不对，但是只能张开眼睛，静待其变。等到他发现，车子并不是往他的住所去，而是到一荒郊野外时，他只能盘算，身上有多少现金，摸摸手表，回想一下什么时候买的花了多少钱，再想想皮箱里有带给二奶的金饰，几瓶昂贵的红酒，两本繁体中文版的《蓝海战略》，口袋有一支最新款的手机。

车子又停下来，又一个人上车，挤上后座，粗鲁地推他一把。这时候他想到他台胞证上的照片，好像还不是太难看。他想到现在身上这一套衣服，有点太休闲，但也还是名牌。他又想到他太太，这时候手机响起了，拿起手机的同时他也感觉到一把刀架在脖子上。

他说对，在车上了，快要到了，你先睡吧。挂掉手机，手机就不在他手上了，他听到熟悉的关机铃声，通常这个动作是二奶做的，在他每晚与太太通完电话之后。他想到他与太太的默契还是不错的，觉得有点欣慰。

不到十分钟，他光着脚，被推下车了。没有一点伤，但他也没有任何东西了，除了身上这一套名牌休闲服。他走了很久的路，循着大致可判断出来的来时方向，终于，找到一户人家，那人家收留他了，告诉他，你是这个月以来第三个。

天亮时，他看见这条路上开满桃花，芳草鲜美，落英缤纷。他告诉主人，他想再多待一天，随便他们开价。那天，他吃到了这辈子吃过的最新鲜的鸡鸭鹅与山蔬野菜。深夜，有人来敲他房门，是主人的女儿，他办到了这辈子未曾有过的一夜多次。

隔天早上，主人帮他找了回城里的车，要价是一般的三倍，但他回到家，打开保险柜，又多给了很多。他告诉司机，不足为外人道也。

他洗了澡，换上一套干净的衣服，又拦了出租车，到公司开会去了。证件重办，手机重买，一切又跟以前一样了。

失忆与失踪

/

图书馆里有一种先进的机器，
叫作自动借书机。
完成借书手续之后，
旁边有一台小小的收据机就会吐出一张小小的字条，
上面写着，你是谁你借了哪几本书，
什么时候借出什么时候要还。

1.

我弄丢了一本书。

《行经死荫之地》，布洛克侦探小说马修·斯卡德系列。那是我从学校的图书馆借来的，但是我完全不记得我借了这本书，直到一个月后，图书馆发了图书逾期的email给我。

我一直认为人的脑袋里好像有一捆胶卷在跑，有的时候胶卷折到，记忆也就在那个时间的点消失，例如说三点五十九分零一秒到三点五十九分五十九秒这一段不小心折到了，那么我的记忆就会从三点五十九分零一秒直接接到四点零分。关于这五十九秒内发生的事情，可能在哪一天又随着胶卷突然弹回来而突然想起来了，但是是哪一天，我不知道。也许一辈子都记不起来也不一定。

关于这种失忆，最常发生在我爬楼梯的时候。当我每天爬上我那合租的四楼公寓时，常常会觉得，我少爬了一层。实体的钢筋水泥建筑当然不会莫名其妙突如其来地下降一层楼，所以我后来都解释成是我脑袋里那一捆胶卷的我从一楼爬到二楼或是二楼爬到三楼那一段折到了。可是这样的情节还是常常发生，我低着头数着梯阶，爬到了家门口还要抓着扶手拐过弯去向上爬一层楼，J 抓住我的肩膀或是抱住我的腰把我拉回来，你家已经到了，你要去哪里？

你不觉得我们少爬了一层楼吗，J 弯下身来解鞋带也帮我解，我以为我们会有一样的感觉耶，他只知道我连路都走不好他要好好照顾我。我抬起头来，室友男友的军靴摆在鞋柜上，没错，我家到了。我和两个社团里认识的女同学合租一层三房两厅的公寓，平常三个人住，到假日就变成六个人，J 每个礼拜五晚上过来，礼拜天晚上再回到他两人一室的研究生宿舍，我们交往三年以来，都是这样。

我们每个周末除了一起吃饭做爱外，有时候 J 会和室友的男友到楼下的百视达租 VCD 回来，原本没什么关系的三男三女马上可以构筑出一幅和乐融融的全家福。我通常看得不太认真，捧一本正在读的侦探小说，一边把多力多滋一片一片往 J 的口里喂，一边想如果我破坏了这美好的旧秩序会不会不被原谅。

2.

图书馆发的 email 上面说到期日是 11 月 29 日，大学部的学生借书期限是一个月，也就是说我在 10 月 29 日借了这本书。10 月 29 日，我在做什么。我当然记得。10 月 29 日，我到台南找 P。

我一直不记得我和 P 是怎么熟识的。大二的时候上同一堂课，然后就渐渐熟了，好像每次我们两个人一追本溯源，就只能到这里。有时候我会问，我指的是，是什么时候有感觉的呢？总有一条线吧，P 会说，别想那么多。我跟 P 认识的时候我跟 J 正热恋，所以对 P 的记忆非常不清楚也不准确，但我知道他是个和 J 不一样的人，他长得相当高，独来独往，话不多。当时修同一堂课的同学之间都在流传着 P 与小桃的故事。

P 的女友叫小桃，他们曾经分手一次，小桃服安眠药住院，P 很狠心不去看她也没有提复合，后来是小桃哭哭啼啼两个人才又在一起。和 P 熟了之后，他告诉我，我是第一个没跟他提过小桃的事的人。我说我不认识她也跟你不熟吧，他说事情不是他们说的那样，他说人言可畏，我说我们没有办法期待别人只好调整自己对不对？过了不久，他对我说，来外遇吧！

P 是一个很会说故事的人。有时候我们什么也不做，就躺在床上，抱在一起听他说他的故事。他的童年、他重考的时候、他卖盗版大补贴的时候，他说完之后，都会告诉我，这些以前都没跟别人讲过，奇怪怎么想一口气全告诉你。有时候他也会要我讲故事给他听，我会说马修・斯卡德的故事，我觉得你和马修有一部分很像，你们都有一种孤独的样子。

3.

图书馆里有一种先进的机器，叫作自动借书机。完成借书手续之后，旁边有一台小小的收据机就会吐出一张小小的纸条，上面写着，你是谁你借了哪几本书，什么时候借出什么时候要还。我会把借书收据一张一张收在铁盒里，J说我比收他给我的情书还细心。

J每个礼拜五晚上来找我。有时候他从口袋里掏出一个塑料袋，说趁热吃。是炸番薯片，我一直爱吃这种路边小摊子卖的炸番薯片，还要挤很多酱油膏进去，吃得满嘴酱油才过瘾。往阳明山后山的路上，看见这样的小摊子，我会兴奋地踢着脚，要他停下摩托车来买。

P毕业之后回到台南工作。10月29日，我告诉J我要去同学家过夜看日剧，然后到台南找P。我上完早上的课，回到四楼公寓，把背包里的东西哗啦啦全倒在床上，挑了几样随身的东西丢进去，然后到楼下搭241公交车到车站。

我开始不间断地到图书馆借书，是J准备考研究所那一段时间，每天晚上我陪他走到自修室门口，然后说好吧我要去流浪了，于是就在图书馆里一层一层地逛，一直到书库毕库，借几本书到二十四小时开放的自修室，趴在J厚厚的工程数学参考书上看。

10月29日小桃也到台南找P，P告诉小桃公司的计算机出了问题，可能要修上通宵，小桃一个人在林的家里等他。那天晚上我讲马修和女友伊莲的故事，他说我们也可以维持这样的关系吧，每一次见面的时候都有一份好感觉，这份好感觉足以让我们好好吃顿大餐做次爱。我希望你不要跟她一样，他这样说。隔天清晨 P 的家人打电话来说小桃服药了现在在医院，我们拥抱，别再联络了，我这样说。

J 说他很怕有一天会找不到我了，就像是去诚品敦南店时，我会不说一声从二楼的书店跑到地下一楼看小王子的手表一样。我说我怎么跑都在这栋建筑物里面啊你一定找得到我的。

4.

我很喜欢图书馆里会吐出一张张小纸条的收据机。我觉得那台机器里有一捆像我脑里那样的胶卷，只是被剪成一段一段地吐出来。我会把借书收据一张一张收在铁盒里，比收电影票或发票或车票或上课传的纸条还细心。我找不到 10 月 29 日的借书收据。

我从馆员那叫出资料。我在 10 月 29 日借了两本书，卜洛克侦探小说马修·斯卡德系列的《行经死荫之地》和《到坟场的车票》。《到坟场的车票》已经在 11 月 14 日归还状态在架上，《行经死荫之地》挂失中。

我在六楼的书架上找到我借的那本《到坟场的车票》。快要结束的时候，外科医师对马修说，伊莲真的有颗很好的心。这段在整本书的倒数几页，我在这一页发现我 10 月 29 日的借书收据，背后有人留了一行字，我会永远记得你，是 P 的字。

走出图书馆的时候，阳光很亮，我突然想起来我和P一起上的是一堂星期五下午的剧本创作课，我和他都是一个人来上课，他嚼着口香糖走进来，对我推出一片绿箭或extra，我摇摇头。

我一直不喜欢吃口香糖，到现在还是。我一直记不得我和P是怎么熟识的，我相信那一个时间的点，有一天会弹出来，但是是哪一天，我不知道。

代后记

美好的酸痛：十年十问

1. 这十篇小说的戏剧张力十足，但同时又“真实”得不可思议。你如何搜集这些故事题材？在写就这十篇小说时，有没有遇到什么困难？比如情节难以发展、写到无法控制自己的情感……等。

我很少在什么都没有的情况下去“构思”一篇小说。几乎都是在现实生活中，不经意地被某个事物或“戏剧化”经验击中，我会有种“咚！”的感觉：就是这个！这个可以发展成小说。但这个现实经验，其实就只是像大富翁游戏的第一次骰子，它帮我起了一个头，或给我一个人物，接下来的每一步，进进退退，机会命运，就是开了 word 档之后的事了，也就是说，变成“作者和小说”之间的事，与现实不太相关了。

如《日历》是大学时编刊物去印刷厂，看到里面那些排版小姐，想到恐怖的、僵滞的年轻生命；《失明》是我当时因为千度近视，常常受针眼、结膜炎、角膜刮伤等眼疾所苦；《亲爱的小孩》则是三十岁过后，自己与周围朋友都来到面临“想生、不想生、如何生、想生的生不出来、不想生的意外怀孕”的人生阶段。

若说读来“真实”，我想是无论剧情如何跌宕，我一直都希望把情绪与情感逼到最真，它就像是一条绳索，必须紧抓不放，虚构的人物与故事才能飞檐走壁。这也常常是写作过程最难的部分，有时觉得这绳子有点虚假、有点危险，我和小说中这些男女就停在悬崖上，定住不动，一停半个月或几年都有。大概这也是写得慢的原因。

2. 从《失忆与失踪》到《礼物》中间隔了整整十二年，这十二年之间，你如何看待写作这件事？这十篇作品在你的写作生涯里有没有什么特别重要的意义？

比较把写作当回事，应该是从十年前《失明》得到小说新人奖开始。但即使拿到这张“文坛入场券”，我还是没有乖乖入座，跑去做了编辑、文案、记者等文字工作，中间断断续续写小说和散文。七年前，散文《父后七日》得奖，接着改编电影卖座得奖等等，一连串“显著”的事，我就变成写“散文”和“剧本”的作者了。一直到去年《短篇小说》杂志在万众瞩目下创刊，我应邀交稿一篇，《亲爱的小孩》因此被看见了，很多出版人和读者跟我说：“哇，原来你也会写小说。”（笑）这是蛮有趣又无奈的现象：一个作者如何被认定，不是因为他写了什么，而是他被看见了什么，以及如何被看见。

但的确是因为《父后七日》，我才开始跟写作“玩真的”。之前几年我都还不认为自己真的“能写”“爱写”，它给了我许多信心与定力。

3. 在你的散文作品里，读者常常感受到小说的戏剧感。在你的这部小说作品之中，也时时流露出散文朴实真挚的情感。对你来说，写散文和写小说各自代表什么呢？

写散文是“再造已知”，比较像整理收纳一个事件或状态，像是规划好的旅行，途中当然也会有惊喜，会有意外，会有小确幸。写小说就如前面所说，像是带着自己虚构出来的人物攀岩登峰，最后一起到达未曾想象的地方。

但两者对我来说，不可稍有闪失的，都是“腔调”，也就是说故事的方式。我想腔调就会决定情感。

4. 在《父后七日》里，你挑起了生命里又轻又重而我们时常忘却的悲伤，并告诉我们“请收拾好您的情绪，我们即将降落”。在《亲爱的小孩》

里也时常触及“悲伤”这个生命困境，但这里的悲伤好像不只是一个事件，而比较接近一个常态，几乎像是构成生命的一种元素。对你来说，悲伤是什么？你希望透过故事里悲伤的人来表达什么？

与其用“悲伤”来说，不如来谈谈造成悲伤的原因吧。这十篇小说里，有失去、分离、背叛、被欺骗、得不到所爱……或根本就只是迷惘骚乱、搞不定自己，而形成的大片悲伤。

我很喜欢的一部电影《恋恋风暴》里，西恩·潘饰演一个非常搞不定自己的人，不只无法控制情绪，还有暴力倾向，天天闹事。最后他被关在监狱里时，流着泪对来探监的妻子说：“我们人为什么不可以一出生就很老了？越活越年轻、越来越有活力、越来越纯真，然后最后在母亲的子宫里死去。”

既然成长、生老病死都是不可逆的必经过程，那么途中必然会遇到各种伤害。我们无法一生下来就是身经百战、世故圆熟的人，所以必定跌跌撞撞、吃亏学乖或学不乖。唯有等到尘埃落定，回头一看，“唉，都过去了。”才有点云淡风轻，有点成长。但下一次，它又来了。

我觉得这些伤害，并不完全是大到住院开刀那种。有时就像日积月累的肌肉僵硬或筋膜沾粘，我们偶尔去按摩或做些纾缓运动时，会说：“对！就是这个酸痛的感觉！”会发出美好的哀号，希望按摩师不要停（笑）。但只要我们每天使用身体，这些压力或紧绷就会存在。我想我是用小说，点出或唤起这些必然存在的美好的酸痛吧。

5. 在你的作品中，“旅行”常常是一个重要的转折点，旅行看起来像是流浪与漂移，也像是整理与重生。可否从《亲爱的小孩》里的这些故事来谈谈“旅行”，旅行之于主角的意义，之于你写作的意义。

我很喜欢在旅行中观察人。因为一个区域的特性，会群聚某一种特定的人，我会抓取他们“想当然耳”的普遍性，再帮他们加上独特性。如《亲爱的小孩》的主角，的确有些是我去巴厘岛，从独行女子身上采一点样本，慢慢形塑出来，想当然耳，她们是来灵修、来度假、来希望可以遇到《享受吧，一个人的旅人》里面的大帅哥，但有没有可能她们之中有一人是很想生小孩的呢？我会这样开始想。《礼物》则是我在洛杉矶华人区，看到有些来待产的华人孕妇，想当然耳，她们是为了美国籍。但也许里面有更戏剧化的故事。

当然不可能看到一个样本就决定了，都是一点点、一点点采样而来。

旅行是一个移动、漂浮的状态，充满碰撞与机遇；十篇小说里，很多处理到骚乱不定、躁动不安的生命状态，所以很自然地加入旅行的部分。

旅行对我写作的帮助，不只是在取材。而是，写小说就像是进入一陌生之地；那么，若能经常把自己丢到陌生地方，我想应该是很好的训练。

6.《亲爱的小孩》里绝大部分的故事都以女性作为主要叙事口吻，这些女人拥有各自的特质和性格，你如何塑造她们？如何让她们走进故事里？或者，如何让她们发展成自己的故事？

我借用、但稍微改一下《马修与克莱儿》里面的话来说。小说里的这些女性角色，应该都是“如果我是男的，我一定会喜欢上的那种女人。”（笑）

她们并非完美，各自有吸引人的地方，也都有性格上的弱点。每次写到中间，我都会觉得好像已经跟她是很要好很要好的朋友，可是把她塑造完成之后，就必须告诉她：“嘿，我要离开了。”这才是写小说最精彩的开始。比如说《礼物》，下笔时，我以为大概也是写个八千到一万字，用“礼物”来讲男女之间的品位与权力关系。但李君娟的形象越来越明显之后，是故事跟随着她发展了。等到写到最后一个字，变成她在告诉我：“嘿，我要离开了。”

小说写完之后的疲惫与后坐力，我想有时是来自这里——与心爱的人物告别。

对了，其实每位女主角都有各自的“主题曲”，甚至“片尾曲”。这些歌曲与音乐对我形塑人物与铺陈情节非常有帮助。希望有机会可以分享给读者听听。

7. 假设现在有一个难搞的男人和难搞的女人，你会推荐他们看《亲爱的小孩》里的哪一个故事？

我想应该就看《搞不定》吧。可以比较看看谁比较难搞。

8. 我们都相信有很多人看这本书会哭着笑、笑着哭，你想对这本书的读者说什么？

曾有朋友告诉我：你的小说太“好看”，会让人以为你的作品除此之外就没有价值了。我知道他所谓的“好看”既是褒也是贬。褒的是，就是好看。贬的是，容易看，浅薄通俗。

但当然除此之外，还有一些希望读者看到的东西。所以希望读者在好哭好笑好看之外，还能多看出一些什么。每个人的答案应该都不太一样。

9. 小说相较散文，应该更容易改编。这十篇小说，有改编成电影的计划吗？

不能每次都一鱼两吃啦。（笑）

但的确《亲爱的小孩》有个同名剧本在进行。不过人物、情节与小说并不完全相同，比较像“现代男女求子记”，是个都市喜剧。

10. 写完两本散文、集结了一本短篇小说集之后，接下来你计划写什么？

有一个日治时代家族故事，已经开头很多年，一直没写完。我觉得是我之前的人情世故还不足以关照，每隔一段时间，我就会拿出来写写看，我有没有能力带着这些大正昭和时代的乡绅和妇女，再往上攀爬一点。有些题材与情感，我相信绝对需要年纪与历练才有能力处理，只靠自以为敏锐的天线与小聪明是撑不起来的。但我想这次应该不用再等十年。

给大陆读者的话

“也许您可以考虑认真经营微博，这样能有更多读者了解您和您的作品。”

去年六月梅雨天，在上海锦江饭店的咖啡廊，与雅众文化的方雨辰女士初次见面。我们聊了出版写作，聊了生活，相谈甚欢。末了，方女士真诚而客气地向我这么建议。

我明白，无论影视、出版还是其他行业，近年大陆急遽发展，长江后浪推前浪，明日之星一波接一波，要被看见必须快速、稳健地抓住渠道。我注册了，发了一点文章。但因着风土民情、词汇语境、网络使用习惯不完全相同，或因着个人的懒散与略略孤僻，我终没能全面“登陆”，没有在大陆读者和自己之间建立自由而开敞的互动平台。

文学明星一时的绚烂光亮，以及抓住那雷电瞬间，延续的爆炸性能量，都吸引着人。但我想,回到一名安静素朴的写作者,也许仍有那么一道机会,能让大陆的读者们在茫茫书海、瞬息万变的新书平台上捧起这本书,与我相遇。

如同方女士最早在信件中写道:

即便没有影视化,您的文字也有无法被掩盖的美丽与生动。我至今为在北京书展看到您的作品,在之前没有任何了解与相关推介的情况下,只凭对文字本身的直觉和个人审美而做出的决定感到骄傲。我们太多依赖资讯,而缺少了“不期而遇”的机缘。

尽管地域民情不同,我想文学里的情感是跨越所有界线的。《父后七日》写我从台湾中部乡间北上求学谋职,成为“漂一族”,而借着父亲葬礼,回首一望,串起一路点滴,这或许亦是大陆广大离乡游子的人生缩影。而这次的《亲爱的小孩》收录了我从二十二岁到三十二岁写的小说，里头的人物在情感上跌撞，有痛虐，有豁然，有轻盈眩目，有浓烈揪心。大陆近年高速都市化，把每个人的生活切成了“不定”状态，也许读者们可以在这本小说里，找到一点自己的影子，找到些许可以暂时停栖的文字。希望你们会喜欢。

最后，要感谢雅众文化的方雨辰女士以及她的团队。写作是一个人的事，但出版要仰赖许多支持。感谢他们，是他们帮我找到了你们——或者说，帮你们找到了我。

刘梓洁
2015 年 2 月于台北

图书在版编目（CIP）数据

亲爱的小孩 / 刘梓洁著 . —北京：新星出版社，2015.4
ISBN 978-7-5133-1747-4

Ⅰ . ①亲… Ⅱ . ①刘… Ⅲ . ①短篇小说—小说集—中国—当代
Ⅳ . ① I247.7

中国版本图书馆 CIP 数据核字（2015）第 036156 号

亲爱的小孩
刘梓洁 著

选题策划：雅众文化
特约策划：方雨辰
特约编辑：简 雅
责任编辑：汪 欣
装帧设计：崔晓晋

出版发行：新星出版社
出 版 人：谢 刚
社 址：北京市西城区车公庄大街丙 3 号楼 100044
网 址：www.newstarpress.com
电 话：010-88310888
传 真：010-65270449
法律顾问：北京市大成律师事务所

读者服务：010-88310811 service@newstarpress.com
邮购地址：北京市西城区车公庄大街丙 3 号 100044

印 刷：山东临沂新华印刷物流集团有限责任公司
开 本：880mm × 1220mm 1/32
印 张：6
字 数：119 千字
版 次：2015 年 4 月第一版 2015 年 4 月第一次印刷
书 号：ISBN 978-7-5133-1747-4
定 价：32.80 元